Frauke Kässbohrer

„Bloß nicht weinen, Akbar!“

Ein 16-jähriger Afghane berichtet von seiner Flucht nach Deutschland

Hase und Igel®

Für Lehrkräfte gibt es zu diesem Buch
ausführliches Begleitmaterial beim Hase und Igel Verlag.

www.hase-und-igel.de
Lektorat: Patrik Eis, Anna Schultes
Druck: CPI – Ebner & Spiegel, Ulm

ISBN 978-3-86760-180-1
3. Auflage 2017

Vorwort

Dies ist die Geschichte der Flucht von Akbar, einem jungen Afghanen, der im Jahr 2009 ohne seine Familie vor dem Terror in seiner Heimat flüchtete. Er war damals 16 Jahre alt. Nach einer abenteuerlichen Reise durch mehrere Länder griff die deutsche Polizei ihn kurz vor der dänischen Grenze auf. Zwar war sein eigentliches Ziel Skandinavien gewesen, aber nun hatte das Schicksal anders entschieden. Er stellte in Deutschland seinen Asylantrag.

Die Idee, seine Flucht und deren Hintergründe zu Papier zu bringen, kam von Akbar selbst. Ich hatte ihn zufällig in einem Deutsch-Anfängerkurs an der Volkshochschule kennengelernt. Als ehemalige Lehrerin für Musik und Englisch am Gymnasium wusste ich, wie elend ihm zumute sein musste. Wie sollte er ohne jegliche Deutschkenntnisse den Ausführungen der Lehrer folgen? Auf Neuankömmlinge wurde keine Rücksicht genommen – der Unterricht lief einfach weiter.

Deshalb nahm ich mich schließlich seiner und vier weiterer Afghanen an und erklärte ihnen, zusätzlich zu dem Kursangebot, erst einmal die Grundbegriffe der deutschen Sprache. Akbar lernte schnell und hatte nach ein paar Monaten den Anschluss an den Wissensstand der Klasse erreicht.

Nun hätte ich mich wieder zurückziehen können, aber Akbar bat mich ganz erschrocken, ihm doch ja weiter zur Seite zu stehen, da nach jeder Unterrichtsstunde in der Volkshochschule viele Fragen auftauchten, die ihm sonst niemand beantworten würde. Ich schaffte es nicht, ihm diese Bitte abzuschlagen, denn mir war natürlich klar, dass er noch lange begleitenden Nachhilfeunterricht brauchen würde, und außerdem war er mir auch schon richtig ans Herz gewachsen. So lernten wir weiter gemeinsam für die B1-Prüfung, dann für die Aufnahme in die Hauptschule und für weitere schulische Herausforderungen.

Als sein Wortschatz im dritten Jahr unserer Bekanntschaft so groß war, dass er sich in allen Bereichen verständlich ausdrücken konnte, stellte Akbar mir etwas verlegen und stockend die Frage, ob ich wohl die Geschichte seiner Flucht aufschreiben und als Buch herausbringen würde.

Ich erwiderte vorsichtig: „Bist du dir sicher, dass du dir das antun willst? Noch einmal alles erleben beim Erzählen, vielleicht wieder Albträume haben, alles Traurige wieder hochkommen lassen – willst du das wirklich?"

Akbar nickte und sagte: „Ich glaube, dass mich viele Leute hier in Deutschland besser verstehen werden, wenn sie wissen, wie es mir ergangen ist und warum ich hier bin. Und für mich ist es auch gut, wenn ich mir mal alles von der Seele rede." Er machte eine Pause. Als er mein Zögern bemerkte, fuhr er fort: „Und warum gibt es so viel Ausländerfeindlichkeit in Deutschland? Weil wir viel zu wenig voneinander wissen! Das wird ein ganz wichtiges Buch, Frau Kässbohrer, das weiß ich! Sie haben mir schon so viel geholfen – bitte, schreiben Sie auf, was ich Ihnen erzähle! Sie kriegen das bestimmt ganz toll hin!"

Ich holte tief Luft, überlegte kurz und fragte dann entschlossen: „Gut, wann fangen wir an?"

Wir hatten mehrere lange Sitzungen, in denen Akbar von seiner Jugend, seiner Flucht und den Gründen dafür berichtete. Wir kamen überein, dass das Buch mit seinem Asylantrag in Schleswig-Holstein enden sollte. Da ich neben Akbar noch viele andere Asylbewerber privat unterrichtete, brauchte ich fast zwei Jahre, bis ich alles aufgeschrieben hatte.

Nun wollten Akbar und ich seine Geschichte auch bekannt machen und ließen deshalb im Kopierladen zunächst hundert Exemplare drucken. Mit der überwältigenden Nachfrage, die das Buch von Anfang an genoss, hatten wir allerdings nicht gerechnet!

Nach dem Eigendruck des tausendsten Buches fand ich zu unserem großen Glück den Hase und Igel Verlag, der mir im Frühjahr 2015 einen Vertrag anbot. Ich unterschrieb freudig, denn es ist wunderbar, einen Verleger für sein eigenes Buch zu finden.

Nach zahlreichen Interviews in Presse, Rundfunk und Fernsehen und vielen öffentlichen Lesungen, vor allem in Schulen, hatte Akbar einige Monate später die Idee, noch ein weiteres Kapitel zu schreiben und dadurch das Buch mit der Schilderung seiner Zeit hier in Deutschland abzurunden.

Dies setzten wir nach einigen Überlegungen dann auch in die Tat um. Das meiste konnte Akbar nach inzwischen fünfeinhalb Jahren Aufenthalt hier schon selbstständig auf Deutsch formulieren. So ist jetzt – mit dem 16. Kapitel dieses Buches – auch seine Zeit der gelungenen Integration bis zum Beginn der Lehre dokumentiert, mit all ihren Höhen und Tiefen, die er tapfer bewältigte.

Dies ist nun, was Akbar mir berichtete.

I

„Akbar, biya inja biya!“ („Akbar, komm raus!“) Wie oft habe ich als kleiner Junge meinen Cousin Hussein vor unserem Haus so rufen gehört? Dann gab es kein Halten mehr, dann zogen wir beide los, die Welt zu erobern; dann gehörte der Tag uns, denn zusammen waren wir unschlagbar! Meine Mutter rief uns noch nach: „Geht nicht so weit weg und kommt zum Essen nach Hause!“ Und wir riefen: „Na klar!“, und rannten davon.

Die frühesten Erinnerungen an meine Jugend in Afghanistan sind unweigerlich verbunden mit meinem Cousin Hussein, mit dem ich fast wie mit einem Zwillingsbruder aufwuchs. Unsere Familien lebten in der kleinen Stadt Gazny in der Nähe von Kabul. Wir sind beide gleich alt und beide die Jüngsten in der Familie. Hussein hat noch vier ältere Brüder und drei ältere Schwestern, während ich nur einen älteren Bruder und eine ältere Schwester habe.

Unsere Väter waren Landarbeiter und bauten Mais an. Beide Familien hatten ein eigenes kleines Haus mit zwei Räumen und einer Küche. Es gab keine Elektrizität und keinen Wasseranschluss. Wir mussten das Wasser täglich in Eimern ungefähr dreißig Meter von einem Brunnen bis zu unserem Haus tragen. Unsere Schlafmatratzen und Decken wurden tagsüber zusammengerollt und in die Ecke gestellt. – Warum nur kann ich mir diese Art des Wohnens inzwischen überhaupt nicht mehr vorstellen? In vielen Ländern ist es ja heute noch die Regel. Wir waren auch ohne „Hightech“ glücklich!

Hussein und ich waren praktisch immer zusammen und ein Herz und eine Seele. Ich erinnere mich an keine

Rivalität, wie sie doch oft in Familien oder unter Freunden vorkommt. Wir pendelten zwischen unseren beiden Familien hin und her. Es ging uns gut, denn wir kannten nichts anderes. Wir hatten genug zu essen, freundliche Menschen um uns herum, Spielkameraden auf der Straße und genug Freiraum, um uns auszutoben. Wir langweilten uns nie.

Ungefähr zweimal in der Woche backte meine Mutter Brot – dieser köstliche Geruch, der durch das ganze Haus zog, ist für mich auf immer mit glücklichen Kindheitserinnerungen verbunden!

Wir waren Muslime, was bedeutete, dass wir mit vier Jahren zum ersten Mal eine Koranschule besuchten. Die gab es bei uns im Dorf und war auf drei Jahre ausgerichtet. Im ersten Jahr ging es ausschließlich darum, lesen zu lernen, und zwar die arabischen Schriftzeichen in der arabischen Sprache, die sich von unserer afghanischen, dem Dari, in vielem unterscheidet. Im zweiten Jahr konnten wir aus den Schriftzeichen schon Worte bilden und im dritten Jahr lasen wir mehr oder weniger fließend den Koran. Dieses Lernprinzip wird auch heute noch in allen Koranschulen angewandt und ist offenbar erfolgreich.

Mit dem Besuch der Koranschule begann für Hussein und mich ein neuer Lebensabschnitt. Die fünf Stunden Aufmerksamkeit, die von uns dort verlangt wurden, waren manchmal schwer durchzuhalten. Aber es handelte sich sowieso nur um ein Vierteljahr im Winter. Während der anderen Monate fiel der Unterricht aus, denn die Größeren mussten auf dem Feld helfen, und auch wir Jüngeren hatten schon kleinere Aufgaben im Haushalt zu übernehmen.

So wurden Hussein und ich gemeinsam an das dreimalige tägliche Beten herangeführt, bis es uns in Fleisch und Blut übergegangen war. Es ist ja immer derselbe Text, der weltweit zum Himmel geschickt wird: der Dank für das Essen und die Bitte um Gesundheit und Erfolg.

Wir lernten, dass wir zuerst auf dem Gebetsteppich zu stehen hatten. Dann knieten wir uns hin und am Schluss berührte unser Kopf den Boden. Das morgendliche Gebet war nur kurz und musste zwischen 5.00 und 6.30 Uhr gesprochen werden. Das Mittagsgebet war etwas länger und für die Zeit zwischen 12.00 und 17.00 Uhr vorgesehen. Für das Abendgebet zwischen 19.00 und 23.00 Uhr gab es eine längere und eine kürzere Version, zwischen denen man wählen konnte.

Die moralische Kraft, die das dreimalige Gebet uns Muslimen gibt, hat meiner Ansicht nach einen hohen Stellenwert in der Bewältigung des täglichen Lebens. Es gibt und gab mir Halt, besonders in den folgenden Jahren der Flucht und der Einsamkeit.

Hussein und ich beteten immer zusammen. Manchmal war Tante Sarah, seine Mutter, dabei. Eine Zeit lang stockte ich immer an derselben Stelle, weil mir die vorgeschriebenen Worte nicht einfielen. Dann redete Hussein lauter, bis ich den Text wieder wusste. Kurz danach hatte er seinen Aussetzer, über den ich ihm hinweghalf. Wir grinsten uns kurz an und beteten weiter. Bald aber gab es diese Schwierigkeiten nicht mehr, weil die tägliche Übung uns immer sicherer machte.

Als ich im dritten Winter die Koranschule besuchte und mit meinen sieben Jahren die Welt um mich herum etwas aufmerksamer betrachtete, hörte ich die Erwachsenen immer öfter vom „Verkaufen" reden, vom „Auswandern" und vom „Ausland". Natürlich war ich neugierig und fragte, was das alles bedeuten solle. Man erwiderte mir, dass es aus verschiedenen Gründen für unsere Familien nicht mehr sicher in Afghanistan sei. Wir wollten deshalb alle im Iran einen Neuanfang machen, solange dies noch mehr oder weniger erlaubt und möglich sei. Wir müssten aber einen sogenannten Schleuser bezahlen, der sehr teuer sei. Deshalb müssten wir nun viele unserer Sachen verkaufen. Ich dürfe aber mit niemandem außerhalb der Familie über diese Pläne sprechen. Ich dürfe nur sagen, dass wir bald wegziehen wollten. Und im Übrigen sei ich noch zu klein, um das alles verstehen zu können.

Ich wusste nicht, was ein Schleuser ist. Hussein war auch ratlos. Wir waren aber beide sehr froh, dass unsere Familien zusammen reisen wollten. Eine Trennung wäre für uns undenkbar gewesen. Um ganz sicher zu gehen, bat ich meine Eltern in der Nacht vor der Abreise, ob ich bei ihm übernachten dürfe. Am nächsten Morgen würden wir uns ja sowieso alle bei dem Lkw, der uns fahren sollte, treffen.

Meine Eltern stimmten zu. Ich hatte ja schon immer bei beiden Familien einen Schlafplatz gehabt, sodass dies keine unübliche Bitte war. Woher sollten sie und ich auch wissen, dass wir uns nie wiedersehen würden?

2

Hier machte Akbar eine erste Pause. Wir sahen uns an. Ich merkte, wie schwer es ihm fiel, weiterzusprechen. Stockend fuhr er nach einiger Zeit fort:

Erst viele Jahre später erfuhr ich von meiner Tante, was in jener Nacht vorgefallen war. Sie erzählte mir, wie sie in diesen letzten Stunden auf afghanischem Boden, als ihre Kinder und ich endlich schliefen, einfach nicht zur Ruhe kommen konnte. Zu viele Gedanken gingen ihr im Kopf herum: War die Entscheidung, ihre Heimat zu verlassen, richtig gewesen? Hatten sie die sich nähernden Angriffe der Taliban auch nicht überbewertet? Ebenso wie die wachsende Armut, die Repressionen der Regierung, die Unsicherheit im Umgang mit den Nachbarn, als man nicht mehr wusste, wem man noch trauen konnte und wem nicht? Sollten sie wirklich die Heimat, die sie doch liebten, verlassen und in eine ungewisse Zukunft fliehen?

Aber dann ermahnte sie sich energisch: Diese Zweifel waren völlig nutzlos. Die Entscheidung für die Flucht war vor langer Zeit von beiden Familien einstimmig gefasst worden. Auch sie hatte dafür gestimmt und für eine Umkehr war es längst zu spät. Sie hatten die Auflösung ihrer Haushalte noch nicht einmal geheim halten müssen: Man hatte ihnen geglaubt, dass sie der Kinder und der Schulbildung wegen wegziehen wollten. Wenn nur der Schleuser kein Verräter war! Was sollten sie tun, wenn statt seiner morgen früh die Polizei vor der Tür stände?

Irgendwann musste sie dann doch eingeschlafen sein. Ein Geräusch weckte sie. Als sie die Augen aufschlug, erkannte sie in der Dunkelheit den Schatten ihres Mannes, der aufgestanden war und sich anzog.

„Was hast du vor?“, flüsterte sie.

„Ich schau nur kurz bei deinem Bruder vorbei. Bin gleich zurück.“ Damit ging er nach draußen. Also fand auch er keine rechte Ruhe in dieser letzten Nacht.

Meine Tante erhob sich nun ebenfalls und zog sich leise an. Sie trat vor die Tür und schaute in den klaren Sternenhimmel hinauf. Die Unruhe war wieder da. Welche Gedanken wohl ihren Bruder und dessen Frau bewegten? Oder schliefen sie noch fest, mit größerem Vertrauen in die Zukunft als sie?

Plötzlich fühlte sie die Arme ihres Mannes um sich. Er war lautlos aus dem Dunkel aufgetaucht und hielt sie nun an sich gepresst, seinen Mund dicht an ihrem Ohr, während sein Körper von unterdrücktem Schluchzen geschüttelt wurde. Mit rauer Stimme flüsterte er: „Sag jetzt nichts, Sarah, bleib ganz still und hör zu! – Das Haus deines Bruders ist leer! – Alles ist durcheinandergeworfen! – Es sieht nach einem Überfall aus. – Sie sind weg! – Alle sind weg! – Ich weiß nicht, was passiert ist. – Sie sind einfach weg!“ Seine Stimme versagte.

Meine Tante erstarrte in seinen Armen. Hatte sie richtig verstanden, dass …? Sie konnte den Gedanken nicht zu Ende denken. Was ging hier vor?

Da sprach ihr Mann leise weiter: „Hör zu, Sarah, wir müssen trotzdem fahren! Im Augenblick sind wir machtlos. Sie sind ja alle weg. Du darfst dir nichts anmerken lassen. Vor allem kein Wort zu Akbar! Erst mal müssen wir so tun, als ob nichts geschehen wäre. Geh jetzt und weck die Kinder! Allah möge dir Kraft geben!“ Mit diesen Worten drehte er sich um und verschwand in der Dunkelheit.

Meine Tante ging ins Haus zurück. In ihrem Kopf dröhnten die Worte: „Sie sind alle weg. Sie sind alle weg…“ Doch sie funktionierte, weil sie funktionieren musste: Sie weckte ihre Kinder und mich, verrichtete die letzten Handgriffe vor der Abfahrt und versuchte, ihrer Stimme Festigkeit zu geben und das Zittern ihrer Hände vor uns zu verbergen.

Als sie das Motorengeräusch eines sich nähernden Lastwagens vernahm, nahm sie mich beiseite und sagte leise und bestimmt: „Hör zu, Akbar: Bei deinen Eltern und Geschwistern ist etwas dazwischengekommen. Sie haben uns gebeten, dich erst mal alleine mitzunehmen. Sie treffen uns dann im Iran. Sie wissen ja, wo wir hinwollen. Glaubst du, du schaffst das?“

Ich sah sie mit großen Augen an. „Die haben wirklich gesagt, ich soll mit euch alleine vorfahren?“

Sie nickte und schluckte. Dann sagte sie: „Ja, so ist es. Der Lastwagen wartet schon draußen. Wir müssen wegfahren, solange es noch dunkel ist. Bleib immer dicht bei Hussein und deinem Onkel, und jetzt komm!“

Es gab keine Zeit zum Diskutieren, das war mir klar. Aber ich hatte ein sehr ungutes Gefühl, als wir alle leise und schnell auf die Ladefläche des Lastwagens kletterten. Die Plane wurde über uns festgezurrt und die Reise ins Ungewisse begann.

Ich saß neben Hussein und versuchte zu verstehen, warum ich nun ohne meine eigene Familie davonfuhr.

Aber meine Tante hatte sehr überzeugend geklungen. Ich dachte: „Dann treffe ich sie halt später“, und es dauerte nicht lange, bis mich das Schaukeln des Lastwagens und das eintönige Motorengeräusch in den Schlaf wiegten.

3

Ich versuchte, mir diese Tage der Flucht vorzustellen: den Schleuser, den Fahrer, die Eltern, die acht Kinder und Akbar, alle in dem unbequemen Lastwagen, auf Nebenstraßen fahrend, meist nachts, um Kontrollen zu vermeiden, immer voller Anspannung, ob alles klappen würde, dazu in dem aussichtslosen Bestreben, sich möglichst unsichtbar zu machen. Wie müssen die Eltern gelitten haben! Ihre Gedanken kreisten ja hauptsächlich um die Verschleppung und das unsichere Schicksal von Akbars Familie.

Und natürlich wussten sie, dass die Verantwortung für den Jungen nun allein auf ihren Schultern lag. Auch war ihnen klar, dass er von den schrecklichen Geschehnissen vorerst nichts wissen durfte, da er für die Wahrheit noch zu jung war. Aber auch an ihre eigene ungewisse Zukunft dachten sie, schwankend zwischen Bangen und Hoffen.

Aber lassen wir Akbar selbst wieder zu Wort kommen:

Ich erinnere mich, dass meine Tante sagte: „Zehn Tage in diesem Rumpelkasten! Allah sei Dank, dass wir endlich angekommen sind! Mir tut jeder Knochen weh!"

Sie sprach mir aus der Seele! Zwar hatten Hussein und ich am Beginn der Fahrt noch alles spannend gefunden, doch bald schon machten sich Schlafmangel, Hunger, Durst, Langeweile und schmerzende Arme und Beine bemerkbar, sodass wir das Ende der Fahrt herbeisehnten.

Nachdem wir endlich im Iran angekommen waren – wie müssen die Erwachsenen beim Grenzübergang, dem heikelsten Punkt der Reise, gezittert haben! –, dauerte es nicht mehr lange, bis wir unseren Zielort erreichten.

Dort wurde auch Dari, die Sprache unserer Heimat, gesprochen.

Mein Onkel bezahlte den Fahrer des Lastwagens und den Schleuser und mietete ein Haus für uns alle. Auch ich bekam einen Schlafplatz zugewiesen.

Ich dachte: „Bis Mama, Papa, meine Schwester und mein Bruder nachkommen, kann ich es hier bestimmt gut aushalten." Ich fand es nur richtig blöd, dass ich nicht wie Hussein und seine Geschwister zur Schule gehen durfte.

Mein Onkel erklärte es mir. „Schau, Akbar", sagte er, „jetzt sind wir im Iran und da gibt es seltsame Gesetze. Zum Beispiel dürfen hier nur die Kinder in die Schule gehen, die bei ihren Eltern wohnen. Hätte ich gelogen und dich als unser Kind ausgegeben, wäre das bestimmt irgendwann herausgekommen. Dann hättest du große Schwierigkeiten gekriegt. Und ich natürlich auch. Du hast also leider keinen Anspruch auf einen Schulplatz und leider auch nicht auf einen Ausweis. Da können wir beide nichts machen! Aber wir ändern das, sobald deine Eltern nachkommen. Erst mal bleibst du zu Hause bei deiner Tante. Und wenn Hussein nach der Schule wieder da ist, könnt ihr zusammen spielen wie früher."

Ich nickte. Obwohl ich erst sieben Jahre alt war, war mir klar, dass mein Onkel recht hatte. Also akzeptierte ich die neue Situation, ohne mich zu beschweren.

In meiner Erinnerung gingen so zwei Jahre ins Land. Keiner ließ mich jemals spüren, dass ich „nur" ihr Verwandter, nicht aber ihr Bruder oder Sohn war. Wir alle gewöhnten uns bald an das neue Leben: Mein Onkel fand eine Arbeit als Maurer, meine Tante besorgte den Haushalt, meine Cousins und Cousinen gingen zur Schule.

Und ich? Ich wachte jeden Morgen mit dem tröstlichen Gedanken auf: „Vielleicht kommen sie heute!“ Dann wollte ich meinen Eltern und Geschwistern alles erzählen, was sich seit jener Nacht auf der Flucht aus Afghanistan ereignet hatte. Ach, wenn sie doch endlich gekommen wären …

Meine Geduld wurde auf eine harte Probe gestellt. Ich wäre aber nie von alleine auf den Gedanken gekommen, dass meiner Familie etwas zugestoßen war! Zwar konnte ich mir auch nicht erklären, warum sie ewig nicht kamen, aber ich dachte: „Es wird schon einen Grund geben. Ich muss geduldig sein. Ich tue, was Onkel und Tante mir sagen, bis alle wieder da sind.“

Als ich neun Jahre alt wurde, meinte mein Onkel, dass es nun an der Zeit sei, selbst ein wenig zu meinem Lebensunterhalt beizutragen.

Ich erwiderte, dass meine Mutter auch immer gesagt hätte, dass meine Schwester und mein Bruder nicht nur zum Vergnügen auf der Welt seien. Er nickte und brachte mich bei einem Bauern in der Nähe unter, wo ich mich um die Ziegen und Hühner kümmerte. Auch zwei Hunde und einen Esel gab es dort. Ich bekam ein kleines Taschengeld, von dem ich meiner Tante etwas abgab. Nach wie vor verstand ich mich bestens mit Hussein, auch wenn wir nun nicht mehr so viel zusammen sein konnten.

Wieder vergingen einige Jahre. Ich tat meine Arbeit bei dem Bauern und beklagte mich nicht über die Eintönigkeit meines Lebens. Aber ich stellte immer häufiger Fragen nach dem Verbleib meiner Familie und jedes Mal wichen meine Tante und mein Onkel aus. Hussein und seine Geschwister sahen mich oft mitleidig an. Ich merkte, wie ich meiner Umgebung gegenüber zunehmend ungeduldig und ungerecht wurde. Man hatte mich doch nicht etwa vergessen?

Es war kurz vor meinem zwölften Geburtstag, als meine Tante zu meinem Onkel sagte, dass es nun wohl an der Zeit sei, mir die traurige Wahrheit über meine Familie zu erzählen. Ich würde doch keine Ruhe mehr geben und sei nun auch groß genug, um dies alles zu verkraften. Mein Onkel stimmte zu.

Als die beiden eines Abends mit mir alleine zu Hause waren, sagte meine Tante: „Akbar, komm mal her. Dein Onkel hat dir etwas zu sagen."

Ich setzte mich und dann erzählte mir mein Onkel mit leiser Stimme, wie er vor fünf Jahren in der Nacht vor unserer Flucht das Haus meiner Eltern vorgefunden hatte. Wie er und die Tante dann nichts anderes hätten tun können, als die lange vorbereitete Flucht in die Tat umzusetzen und mich mitzunehmen. Wie sie dann immer auf ein Lebenszeichen von meiner Familie gewartet, inzwischen aber nicht mehr viel Hoffnung hätten. Und dass ich nun alt genug sei, um der bitteren Wahrheit ins Auge zu sehen.

Danach war es lange still. Ich stellte keine Fragen, da es nichts zu fragen gab.

Meine Tante sagte endlich: „Akbar, wir lieben dich wie unseren eigenen Sohn. Hussein ist wie dein Bruder. Wir sind deine Familie. Du bist durch eine gnädige Fügung des Schicksals bei uns. Deine Eltern würden nicht wollen, dass du dich jetzt aufgibst. Wir versprechen dir, dir deine Familie zu ersetzen, soweit es in unserer Macht steht."

Wieder war es lange still zwischen uns. Dann nickte ich, stand auf und sagte leise: „Tashakkor bray hamachi.“ („Danke für alles.“) Darauf ging ich hinaus.

An diesem Tag wurde mit einem Schlag die viel zu kurze Zeit meiner Kindheit beendet.

4

Wie geht ein zwölfjähriger Junge mit der Erkenntnis um, dass seine Eltern und Geschwister vor fünf Jahren verschleppt wurden und seitdem verschwunden sind? Mit der Erkenntnis, dass das tägliche Warten auf ihre Ankunft ein Ende hat, dass er sie vielleicht sogar nie wiedersehen wird?

Ich kann mir gut vorstellen, dass er zunächst wie betäubt war, tief traurig und verzweifelt. Dass danach Gedanken auftauchten wie: „Euch werd ich's schon zeigen, mich kriegt ihr nicht klein!" Und dass aus dieser aufsteigenden Wut allmählich der unbedingte Wille entstand, trotz allem aus seinem Leben etwas zu machen.

Tatsächlich hatten seine Tante und sein Onkel richtig entschieden, mit diesen traurigen Nachrichten so lange zu warten. Im Alter von sieben Jahren wäre Akbar mit dieser Situation wohl nicht fertiggeworden. Er hätte ganz anders reagiert: kindlich verletzt und rein emotional. Nun aber konnte er sich schon fast wie ein Erwachsener überlegen, wie mit dieser schlimmen Situation umzugehen war.

Er sagte zu mir:

Es dauerte schon einige Zeit, bis ich meine Trauer und Verzweiflung überwunden hatte. Dann merkte ich, dass mich dies nicht weiterbrachte. Meine Umgebung ging plötzlich so behutsam mit mir um, als wäre ich zerbrechlich, aber ich wusste, dass dies mit der Aussprache mit meiner Tante und meinem Onkel zu tun hatte und irgendwie unnatürlich war. Das Leben musste weitergehen, und es lag ausschließlich an mir, wie es sich entwickeln würde.

Ich stellte mir vor, dass meine Eltern stolz auf mich gewesen wären, wenn sie gesehen hätten, dass ich mich von meinem Kummer nicht unterkriegen ließ. Dass sie nie und nimmer gewollt hätten, dass ich aufgab.

Also entwickelte ich eine Art Lebensstrategie, indem ich zu mir sagte: „Akbar, es war Allahs Wille, dass du nun hier bist. Deshalb ist es auch Allahs Wille, dass du dein Leben sinnvoll gestaltest! Versuche also, dein Schicksal von heute an selbst in die Hand zu nehmen, und gib nie auf!"

Große Gedanken für einen Zwölfjährigen, aber, bei Allah, so war es wirklich, und seitdem versuche ich, dieser Strategie treu zu bleiben.

Zunächst jedoch blieb alles beim Alten: Ich half weiterhin bei dem Bauern im Dorf, während meine Cousins und Cousinen in die Schule gehen durften.

Nach weiteren zwei Jahren fragte mich mein Onkel, ob ich Lust hätte, mit ihm auf dem Bau als Maurer zu arbeiten. Die Bezahlung dort sei besser, ich sei kräftig genug dafür und die Handgriffe leicht erlernbar. Er selbst habe diesen Beruf ja früher auch nicht ausgeübt, sich aber schnell eingearbeitet.

Ich überlegte nicht lange. Die Arbeit schien gute neue Perspektiven zu bieten und ich sagte zu. Ich war der Jüngste in der Bautruppe und wurde freundlich aufgenommen. Schnell lernte ich, worauf es beim Hausbau ankam. Da der Winter im Iran nur ungefähr drei Monate dauert, arbeiteten wir meistens draußen.

Die Handgriffe waren wirklich leicht erlernbar, aber mein Rücken schmerzte schon bald von dem ungewohnten Bücken, meine Arme wurden immer schwerer und ich bekam Schwielen an den Händen. Doch ich biss die Zähne zusammen und dachte: „Akbar, dein Onkel hätte dich nicht gefragt, ob du Maurer werden willst, wenn er dir die Arbeit nicht zutrauen würde. Also reiß dich zusammen! Wenn du dich hier bewährst, kann dich nichts mehr im Leben umhauen!"

Das glaubte ich damals wirklich!

Meine Muskeln gewöhnten sich allmählich an die harte körperliche Arbeit. Mich faszinierte vor allem, wie aus niedrigen Mauern am Ende ein Haus entstand. Am meisten Spaß machte es mir, wenn bei den Innenarbeiten Mosaik-Fußböden angelegt wurden und ich dabei helfen durfte.

Obwohl der Freitag eigentlich ein muslimischer Feiertag ist, arbeiteten wir auch dann und nahmen nur frei, wenn einer aus der Gruppe den Wunsch nach einem freien Tag äußerte.

Mein Onkel und ich waren die einzigen Afghanen in dem Bautrupp. Wir kamen im Großen und Ganzen gut mit den Iranern aus. Dem Aussehen nach sind sie kaum von uns zu unterscheiden, doch sind sie meist etwas größer gewachsen. Vom Charakter her sind sie häufig durchsetzungsfähiger als wir. Während es meinem Onkel und mir oft schwerfiel, „Nein" zu sagen, setzten sie ihren Willen ohne Schwierigkeiten durch.

Die Gespräche auf dem Bau drehten sich häufig ums Essen, besonders in den Wochen des Ramadan, wenn wir bis Sonnenuntergang fasten mussten. Aber auch sonst war das Essen ein beliebtes Thema. Daneben sprach man über die Belange des Alltags. Und täglich wurde gegen die Christen gehetzt! Ich hörte entsetzliche Schauergeschichten über sie, sodass ich voller Vorurteile war, als ich später ins christlich geprägte Europa kam.

Ich glaubte damals wirklich all die haarsträubenden Dinge, die erzählt wurden, denn was für einen Grund hätten meine Kumpane haben sollen, sich Lügengeschichten auszudenken?

Ich war froh, mehr Geld zu verdienen als bei dem Bauern. Natürlich gab ich meiner Tante immer noch etwas davon für meinen Unterhalt ab. Aber es blieb noch genug übrig, sodass ich mir mit meinen nun 15 Jahren ein kleines Mofa leisten konnte. Jetzt war ich beweglicher, erweiterte den Radius meiner gelegentlichen Ausflüge über meinen Stadtteil hinaus – und verliebte mich!

Sie hieß Khadija, war genauso alt wie ich, auch aus Afghanistan und hatte während der ganzen Zeit unserer Bekanntschaft keine Ahnung von meinen Gefühlen für sie. Ich sah sie eines Tages an einer Kreuzung stehen. Als meine Ampel auf Grün sprang, fuhr ich nicht los, weil ich sie einfach nur anschaute. Sie war so wahnsinnig hübsch!

Erst ein Hupkonzert hinter mir ließ mich zusammenzucken und weiterfahren. Sie schaute mich kurz an und lächelte, und es war um mich geschehen!

Am nächsten Tag traf ich sie in derselben Gegend zu Fuß wieder, denn ich war dorthin gefahren, um sie eventuell erneut zu sehen. Irgendwie kamen wir ins Gespräch und von da an schaffte ich es, fast täglich die Zeit abzupassen, wenn sie auf dem Weg zur Schule oder nach Hause war. Dann konnten wir uns zwanglos ein wenig unterhalten.

Ich weiß nicht, ob ich ihr genauso viel bedeutete wie sie mir, denn ich war viel zu schüchtern, um über meine Gefühle zu sprechen. Unsere Begegnungen waren sowieso sehr riskant, da wir nicht verwandt waren und Mädchen in ihrem Alter sich nicht alleine mit Jungen treffen durften. Aber unser Schlendern auf der Straße erregte zum Glück keine Aufmerksamkeit.

Wir sprachen über die Schule, über Fernsehfilme, über unseren Musikgeschmack und über die Zukunft. Khadija wollte später Medizin studieren und ich wollte mich in irgendeiner Branche selbstständig machen. Was mir an Khadija neben ihrer Schönheit so gefiel, war ihre nachdenkliche Art, das Leben zu betrachten. Nie plapperte sie einfach so drauflos wie andere Mädchen ihres Alters. Sie wirkte sehr reif auf mich.

Und wie viel wir uns immer zu erzählen hatten! Unsere Treffen konnten ja immer nur kurz sein. Sie mussten „wie zufällig" wirken, dabei wollte ich ihr die Welt zu Füßen legen!

Sie war wie eine Sonne, die neues Licht in mein Leben brachte. Wie grenzenlos und wunderbar ist doch die erste Liebe! Und wie plötzlich endete sie für mich durch den nächsten Schicksalsschlag, der mich ungefähr ein Jahr nach dem Beginn unserer Bekanntschaft traf.

5

Ich hatte deutlich gemerkt, dass es Akbar nicht leicht gefallen war, von seiner ersten schwärmerischen Liebe zu erzählen. Aber letztendlich waren fast alle Erinnerungen seit der Flucht aus Afghanistan schmerzlich für ihn.

Ich holte tief Luft und wappnete mich für den Bericht des nächsten Schicksalsschlags in seinem erst 16-jährigen Leben. Akbar berichtete:

Meine Tante sagte später, dass dieser bewusste Tag schon nicht gut anfing, weil ihr morgens eine schwarze Katze über den Weg gelaufen war. Sie dachte noch: „Wird schon nicht so schlimm werden", und vergaß die Katze wieder. Der Tag nahm für uns alle mit Hausarbeit, Schule und Arbeit auf dem Bau zunächst einen ganz normalen Verlauf, bis – ja, bis ich nachmittags zu Fuß alleine nach Hause ging, weil mein Onkel mit dem Auto noch etwas zu erledigen hatte.

Ich ging so vor mich hin auf der Landstraße und dachte an Khadija. Ich sah schon die ersten Häuser unseres Dorfes, als plötzlich ein Polizeiauto neben mir hielt. Zwei Polizisten stiegen aus, stellten sich vor mich hin und fragten: „Was machst du hier ganz alleine? Wo willst du hin? Zeig uns deinen Ausweis!"

Ich sagte: „Ich will nach Hause ins nächste Dorf, ich hab keinen Ausweis, ich wohne bei Verwandten."

Der eine Polizist sagte: „Den schnappen wir uns!" Er packte meine Arme und drehte sie auf den Rücken, während der andere mir Handschellen anlegte. Ich schrie auf, weil sie so grob waren und mir wehtaten. Da warfen sie mich vorne auf die Kühlerhaube und traten mir gegen die Beine. Nach einer kurzen Beratung packten sie mich, setzten mich hinten in ihr Auto und fuhren in die Stadt zurück.

Auf der Polizeiwache riefen sie ihrem Kollegen zu: „Schon wieder einer ohne Ausweis!", woraufhin der zurückgab: „In Zelle 4 ist noch was frei!"

Sie brachten mich dorthin. Es war ein Raum, der zum Gang hin mit einem Gitter verschlossen war. Drei Männer waren schon dort. Ich bekam einen Karton als Schlafunterlage, eine Decke und ein Kopfkissen.

Sie nahmen mir die Handschellen ab und verriegelten die Gittertür wieder.

Ich rief ihnen zu: „Ich muss telefonieren!"

Sie erwiderten: „Du musst dein Maul halten!" Dann gingen sie lachend davon.

Einmal durften wir alle zusammen aufs Klo gehen und wir kriegten auch ein bisschen was zu essen und zu trinken. Ansonsten kümmerte sich niemand um uns.

In der Nacht schlief ich natürlich kaum. Die Zelle, die drei Männer, die harte Unterlage, der Gestank, die fremden Geräusche um mich herum – das alle hätte schon gereicht, um mir den Schlaf zu rauben. Aber am meisten quälte mich die Frage, warum ich hier eingesperrt war. Hatte es mit Khadija zu tun? Oder mit meinen Eltern? War ich angezeigt worden? Aber von wem und warum? Wie lange würde ich hierbleiben müssen?

Irgendwann war die Nacht dann zu Ende. Nach einem Toilettengang und etwas Wasser und Grütze für jeden ging die Warterei weiter. Ich hockte in einer Ecke der

Zelle und versuchte, die Tränen zurückzuhalten, als plötzlich ein Wärter meinen Namen rief.

Ich sprang auf. Die Zellentür öffnete sich. Ich bekam Handschellen angelegt, wie ein richtiger Verbrecher. Dann ging es durch viele Flure zu einem Büro. Hinter einem Schreibtisch saß ein sehr grimmig aussehender Mann in Uniform und auf einem Stuhl davor – meine Tante Sarah! Ich strahlte sie an. Nun würde alles gut werden und sich dieser ganze Albtraum als Irrtum herausstellen!

Man nahm mir die Handschellen ab und ich durfte mich sogar setzen. Als ich allerdings in das versteinerte Gesicht meiner Tante blickte, verflog meine Freude.

Der Uniformierte schrie sie an: „Wenn dies also Ihr Neffe ist, wie Sie behaupten, dann ist es natürlich ein Ding der Unmöglichkeit, ihn hier ohne Aufenthaltsgenehmigung einfach so mitlaufen zu lassen! Wo kämen wir denn da hin, wenn wir alle afghanischen Kinder, die zufällig keine Eltern mehr haben, großzügig mit aufpäppeln würden! Letzte Nacht durfte er schon eines unserer Gefängnisse kennenlernen, aber wir denken gar nicht daran, ihn dort auf Dauer durchzufüttern! Nehmen Sie ihn erst mal wieder mit nach Hause. Ich erwarte aber von Ihnen in den nächsten Tagen die Zahlung von acht Millionen Tuman. Dann kriegt er eine ordnungsgemäße Aufenthaltserlaubnis, erst mal für fünf Jahre. Wenn er 18 Jahre alt ist, ziehen wir ihn zum Militär ein. Ich kann Ihnen nur raten, das Geld auf jeden Fall zusammenzukratzen, sonst schicken wir ihn ganz schnell wieder nach Afghanistan zurück. Und jetzt verschwinden Sie, ehe ich es mir noch anders überlege!“

Meine Tante entschuldigte sich dafür, dass wir seine Zeit so lange in Anspruch genommen hatten, nahm mich am Arm und zog mich schnell hinaus auf den Flur.

Ich sagte laut: „So ein Idiot!“

Sie zischte: „Nimm dich zusammen! Wir reden zu Hause!“

Ich war furchtbar wütend, hielt aber meinen Mund, bis wir mit dem Bus endlich zu Hause angekommen waren. Dort schimpfte ich los und erzählte ihr, was genau passiert war. Sie machte mir erst mal was Ordentliches zu essen, gab aber sonst keinen Kommentar ab.

Sie sagte nur: „Heute Abend reden wir alle zusammen und überlegen, was zu tun ist.“

Ich dachte: „Ich kann nicht bleiben, aber ich kann auch nicht nach Afghanistan zurückgehen. Aber bleiben kann ich auch nicht …“ So bewegten sich meine Gedanken im Kreis.

Als wir dann abends endlich beisammensaßen und über mein Problem sprachen, war ich vollkommen ratlos und fix und fertig!

Mein Onkel sagte: „Die wollen also acht Millionen Tuman von uns. Damit könnten wir Akbar freikaufen. Das sind allerdings ungefähr achttausend Dollar, die wir im Augenblick nicht haben. Jetzt brauchen wir erst mal eine Bedenkzeit. Akbar, du gehst morgen mit mir zur Arbeit, als wenn nichts geschehen wäre, aber bleib immer in meiner Nähe. Irgendwie müssen wir dieses Problem nun lösen.“

Wir gingen alle sehr bedrückt zu Bett. Zum ersten Mal wurde mir bewusst, dass ich für meine Verwandten ein ernsthaftes Problem darstellte. Dass ich daran schuldlos war, änderte ja nichts an den Tatsachen. Ihr Schweigen sagte mehr als tausend Worte!

Am nächsten Morgen beim Frühstück fragte ich meinen Onkel als Erstes: „Was soll ich nur machen?“

Er sagte: „Zurück kannst du nicht! Darüber sind wir uns alle einig. Wir kaufen dich frei. Allerdings weiß ich nicht, woher wir so viel Geld nehmen sollen.“

Alle saßen bedrückt im Kreis und aßen. Plötzlich sagte Hussein: „Ich kenne einen, der nach Europa gegangen ist.“

Ich sah erschrocken auf und antwortete: „Aber Europa ist schlecht! Alle auf dem Bau sagen das!“

Mein Onkel nickte.

Hussein ließ jedoch nicht locker: „Aber es ist möglich!“

Meine Tante sagte: „Wie stellst du dir das vor? Akbar ist erst 16 Jahre alt, er wäre dort ganz alleine, ohne Unterstützung. Wie soll das gehen?“

Mein Onkel stand auf und meinte: „Komm, Akbar, jetzt fahren wir erst mal zur Arbeit.“

Ich folgte ihm. An der Tür drehte ich mich noch einmal um und sagte leise: „Aber zurück kann ich auch nicht.“

Meine Tante erwiderte: „Gib uns eine Woche zum Planen. Bis dahin müssen wir uns wegen der Polizei sowieso etwas überlegt haben. Irgendwas wird uns schon einfallen. Wir lassen dich nicht im Stich!“

Eine Woche verging. Meine Tante führte sehr viele Gespräche, mit ihren Verwandten, mit Freunden, mit Nachbarn, immer in der Angst, dass die Polizei mich früher abholen oder ein Spitzel unsere Pläne verraten könnte.

Als endlich eine Lösung in Sicht kam, rief sie uns alle zusammen und sagte: „Hört zu, ihr wisst, dass wir uns Akbars wegen bald entscheiden müssen. Der einfachste Weg wäre, ihn freizukaufen, aber selbst bei bestem Willen schaffen wir es nicht, achttausend Dollar zusammenzukriegen. Also, Akbar, wenn du es dir wirklich zutraust, dich alleine auf den Weg Richtung Europa zu machen, hätte ich eine Lösung für dich. Ich habe einen Schleuser gefunden, der versprochen hat, dich mitzunehmen. Er würde dich übermorgen früh hier abholen. Er verlangt weniger als achttausend Dollar dafür. Außerdem bekommst du noch etwas Taschengeld mit auf den Weg. – Aber können wir dir das zumuten?"

Ich schaute alle der Reihe nach an. Dann stand ich auf, umarmte zuerst meine Tante, dann meinen Onkel und sagte: „Danke für alles! Ich fahre! Vergesst mich nicht!"

Hussein meinte verzweifelt: „Wie soll das gehen, ohne dich?"

Mein Onkel sagte sehr ernst zu uns allen: „Kein Wort darüber, was wir gerade besprochen haben, zu niemandem! Wir tun noch zwei Tage lang so, als ob alles wie immer wäre, und danach stellen wir plötzlich fest, dass Akbar verschwunden ist. Wenn irgendetwas durchsickert, bekommen wir die größten Schwierigkeiten mit der Polizei, merkt euch das! In dieser Situation ist eine heimliche Flucht wirklich die einzig machbare Lösung. Akbars Ziel kann nur Europa sein, denn ihr wisst alle, was damals in Afghanistan passiert ist. Akbar, unsere Gedanken werden dich begleiten und Allah wird dich beschützen!"

Als ich in dieser Nacht zu Bett ging, dachte ich: „Nun ist also mein Schicksal entschieden: Ich soll mich einem Schleuser anvertrauen, ich soll hier alles aufgeben, ich soll Khadija wahrscheinlich nie wieder sehen, ich soll bei den Christen leben ..."

Es kam mir vor, als ob ich in ein tiefes, schwarzes Loch fallen würde. Mir wurde schwindelig und ich musste die Tränen mit aller Macht zurückhalten. Widersprüchliche Gedanken schossen mir durch den Kopf: „Ich will doch mutig sein, aber es hört sich alles so furchtbar an. – Bloß nicht weinen, Akbar! Das macht es auch nicht besser. – Was soll nur werden?"

In jener Nacht lag die Zukunft grau und trostlos vor mir, ohne einen einzigen Hoffnungsschimmer. Ich grübelte lange vor mich hin, bis ich endlich in einen unruhigen Schlaf fiel.

6

Ich versuchte, mir 16-jährige Jungen hier bei uns in einer solchen Situation vorzustellen. Was hätten sie getan? Hätten sie auch den Mut gehabt, alleine auf diese gefährliche Reise zu gehen? Andererseits war ich mir sicher, dass Akbar nicht klar war, worauf er sich einließ. Wie hätte er auch die Strapazen, die Einsamkeit, den Hunger, den Durst, die Gefahren vorausahnen können? Die Entscheidung zum Aufbruch war gefallen. Es gab kein Zurück mehr. Akbar erzählte weiter:

Meine Tante sagte: „Jetzt wird es ernst! Der Schleuser wird bald kommen. Hast du deinen Rucksack gepackt? Hier sind Brote und Wasserflaschen. Wo willst du das Geld verstecken? Hier ist unsere Telefonnummer für den Notfall. Aber die kennst du ja sowieso auswendig …"

Ich dachte: „Bald sorgt niemand mehr für mich und ich muss alles alleine entscheiden. Wie soll ich das nur schaffen?"

Und dann war es plötzlich so weit! Letzte Umarmungen, letzte gute Worte – wenig später verschwanden das Haus und die winkenden Gestalten, und ich war mit fünf mir unbekannten Männern im Auto alleine. Ich hatte einen dicken Kloß im Hals und immer wieder ging mir durch den Kopf: „Bloß nicht weinen, bloß nicht weinen, irgendwie wird's schon werden …"

Mir fiel ein Ausspruch meiner Tante ein: „Ein Mensch ohne Hoffnung ist wie ein Fisch ohne Wasser." Ein guter Spruch!

Ich blickte mich im Auto um. Außer dem Fahrer fuhren zwei Iraner und zwei Pakistaner mit. Keiner war zum

Sprechen aufgelegt. Draußen wurde es allmählich hell. Ich dachte: „Ich muss mir alles genau merken! Also, jetzt ist Frühling. Hussein will später genau wissen, wie alles war. Und die anderen auch. Khadija …“ Wieder spürte ich den Kloß im Hals.

Wir hatten uns seit meiner Verhaftung durch die Polizei nur noch einmal gesehen. Ich hatte ihr nichts von meinen Schwierigkeiten erzählt, vielmehr so getan, als ob alles in Ordnung sei. Ich hätte sie mit der Wahrheit womöglich nur unnötig in Gefahr gebracht.

Als sie beim Abschied sagte: „Also dann, bis morgen“, und ich genau wusste, dass es kein Morgen geben würde, nahm ich all meinen Mut zusammen und sagte: „Übrigens, ich finde dich ganz toll!“

Sie schaute mich erstaunt und leicht amüsiert an, und dann war sie weg. In Gedanken an ihre wunderschönen braunen Augen schlief ich trotz des engen Sitzes und der schlechten Federung des Autos ein.

Ich erwachte von einem schmerzhaften Stoß in meine Seite. Im ersten Augenblick wusste ich nicht, wo ich war. Der Mann neben mir zeigte nach draußen. Ich kletterte hinaus. Die Sonne stand hoch am Himmel, also war es um die Mittagszeit. Plötzlich wurde mir wieder bewusst, dass ich mich auf dem Weg in die Freiheit befand und im Begriff war, meine zweite Heimat zu verlassen. Ich tastete nach den Dollarnoten, die mir meine Tante gegeben hatte. Ich hatte sie zusammengerollt in meine Hosentasche gesteckt und sie waren noch da! Es war kein Vermögen, zehn Zehn-Dollar-Scheine, aber sie gaben mir ein Gefühl der Sicherheit.

Ich nahm meinen Rucksack und setzte mich in die Nähe meiner Mitfahrer an den Straßenrand. Sie rauchten, ich brach ein paar Brocken von dem Brot meiner Tante ab und trank etwas Wasser. Das Auto parkte in der Nähe der Hauptstraße in einer kleinen Einbuchtung. Ich dachte: „Das wird ein spannender Reisebericht für Hussein: Ich fahre im Auto, ich steige aus, ich esse, ich trinke, ich warte, ich steige wieder ein …"

Die Männer und ich warteten bis gegen Abend. Dann fuhr ein Lieferwagen auf unseren Parkplatz. Die Fahrer begrüßten sich. Es ging weiter! Wir sollten auf die offene Ladefläche klettern. Unser erster Fahrer stieg in sein Auto, wendete und fuhr davon.

Wir saßen in dem Lastwagen sehr unbequem auf dem harten Boden. Der Fahrtwind pfiff uns kalt um die Ohren. Ich zog meinen Anorak an, setzte die Kapuze auf und machte mich ganz klein, um dem Wind so wenig Angriffsfläche wie möglich zu bieten. Die Stunden vergingen. Ab und zu nickte ich ein, aber an richtigen Schlaf war nicht zu denken. Ich bewegte meine steifen Beine und dachte: „Wie lang doch so eine Nacht ist, wenn man keine ordentliche Matratze hat!"

Als der Morgen endlich dämmerte, hielten wir vor einem etwas abseits gelegenen Haus. Mühsam kletterten wir hinunter, ganz steif und durchgefroren. Im Haus zeigte man uns die Toiletten und die Waschgelegenheiten. Ich fragte mich, wo wir wohl gelandet waren. Es gab einen großen Raum, in dem sich ungefähr zehn Männer aufhielten. Wir bekamen Essen und Trinken vorgesetzt. Ich hielt mich in der Nähe der Männer auf, mit denen ich hergekommen war. Aber niemand redete mit mir. Ich fühlte mich sehr einsam.

„So ist das eben, wenn man auf der Flucht ist", dachte ich. „Jeder kämpft für sich alleine!"

Mittags betraten drei Männer, die ich vorher noch nicht gesehen hatte, den Raum. Sie sahen ausgesprochen finster aus. Zwei von ihnen trugen Schlagstöcke. Der dritte, wohl der Anführer, sagte laut: „Ich euer Schlepper! Meine Männer helfen! Wir alle Grenze! Heute Abend los! Ihr leise sein! Sonst bum mit Stock! Ihr okay, wir okay!"

Dann redeten die drei untereinander weiter in einer mir fremden Sprache und kümmerten sich nicht weiter um uns. Ich sah mich um. Auf allen Gesichtern sah ich Angst. Bedrückt erwarteten wir die Abfahrt.

Als wir draußen Motorengeräusche hörten, wussten wir, dass es nun losgehen sollte. Jeder ergriff seine Sachen und kletterte auf die Ladefläche des gerade angekommenen Lastwagens. Wir fuhren diesmal im Konvoi: Der Lkw fuhr voraus, dahinter kam das Auto mit unserem Schlepper und den beiden Helfern.

Solange es noch nicht ganz dunkel war, fuhren beide Wagen ohne Licht. Später wurde dann nur das Abblendlicht eingeschaltet. Wir hielten uns an der Außenseite des Lastwagens fest, denn der Weg führte nun stetig bergauf in die Berge. Das bedeutete, dass wir auf der abschüssigen Ladefläche das Gleichgewicht halten mussten. In Serpentinen schlängelte sich die Straße immer höher. Es wurde deutlich kälter. Immer öfter erschienen rechts und links der Straße schneebedeckte Flächen.

Es muss kurz vor Mitternacht gewesen sein, als die Autos anhielten. Wir wurden gleich in den Wald hinein auf eine Lichtung getrieben. Hier wartete schon eine andere kleine Gruppe von Männern. Es gab eine kurze, gedämpft geführte Diskussion der Fahrer untereinander. Dann gingen sie zu ihren Autos zurück. Wir hörten das

Anlassen der Motoren, das umständliche Wendemanöver und das sich entfernende und bald ganz verklingende Geräusch der beiden Wagen. Stille legte sich über uns.

Schließlich räusperte sich der Schlepper und sagte leise: „Ich vorne! Meine Männer hinten! Ihr Mitte! Nicht sprechen! Leise gehen! Tempo halten! Ihr okay, wir okay!"

Damit drehte er sich um und folgte einem engen, kaum wahrnehmbaren Pfad in den Wald hinein. Ich bemühte mich, in seiner Nähe zu bleiben, denn ich fand ihn zwar schlimm, aber die anderen beiden Männer mit ihren Schlagstöcken fand ich noch schlimmer.

Wir waren nun eine Gruppe von ungefähr zwanzig Männern, die stumm hintereinanderher marschierten. Bald liefen wir auf einer harten, festgetretenen Schneedecke. Der Weg führte nun nur noch steil nach oben. Durch den reflektierenden Schnee und die etwas aufgerissene Wolkendecke hatte ich genug Sicht, um den Kontakt zu meinem Vordermann halten zu können.

Ich begann zu schwitzen. Der Schlepper legte ein ziemliches Tempo vor. Ich wagte nicht, langsamer zu gehen. Ich hatte Mühe, meinen Atem zu kontrollieren. Ich dachte: „Ohne das Training auf dem Bau würde ich das hier nie und nimmer schaffen."

Hinter mir stolperte jemand. Ich hörte unterdrücktes Fluchen. Dann waren wieder nur die gleichmäßigen Schritte der Männer auf dem Schnee zu hören.

„Wenn wir nicht bald oben sind, mache ich schlapp!", schoss es mir durch den Kopf. Ich setzte nur noch wie in Trance einen Fuß vor den anderen, immer in der Angst, auszurutschen und zu fallen.

Nach gut zwei Stunden Aufstieg machte der Schlepper endlich auf einem kleinen Platz halt. Da ich nah bei ihm stand, sah ich seine ausgestreckte Hand. Er flüsterte: „Da Grenze! Wir oben! Leise sein!"

Ich schaute in die angegebene Richtung und sah unten in ungefähr einem Kilometer Entfernung kleine beleuchtete Häuser, glaubte auch Menschen zu erkennen und hörte leises Motorengeräusch. Ich dachte: „Das ist also die dritte Grenze, die ich in meinem Leben überschreite. Gebe Allah, dass noch viele folgen werden!"

Es war die Grenze zur Türkei, unsere nächste Herausforderung. Trotz der verzweifelten Situation, in der wir uns befanden, spürte ich ein feierliches Gefühl in mir aufkommen.

Der Schlepper wartete, bis auch seine Schlägertypen hinter den Letzten der Gruppe auftauchten. Alle atmeten schwer, aber keiner war zurückgeblieben. Wir starrten wortlos zu den Grenzposten in der Ferne hinüber. Wir wussten ohne viel Worte, dass wir noch längst nicht in Sicherheit waren.

Nach dieser kurzen Pause begann der Abstieg ins Tal. Er war nicht weniger anstrengend als der Aufstieg. Bald bekam ich wieder Schweißausbrüche. Meine Knie zitterten, mein Rucksack wurde immer schwerer, meine Schuhe waren durchnässt und meine Füße eiskalt. Ich versuchte, mich mit positiven Gedanken von der Anstrengung abzulenken, was aber nicht so recht klappen wollte.

Nach gut acht Stunden, in denen schwarzer Schotter den Schneebelag abgelöst hatte und wir ohne Pause marschiert waren, machten wir endlich halt. Für heute war es geschafft! Ich hätte keinen Schritt weiter gehen können!

Wir betraten ein Haus, eine Art Hotel, in dem wir erwartet wurden. Zwar gab es keine Duschen, aber es gab Toiletten und wir durften sitzen. Wir bekamen sogar etwas zu essen und zu trinken! Meine Hände zitterten so sehr, dass ich den Tee verschüttete, den man mir reichte. Mein Kopf fühlte sich leer und hohl an.

Nur ein Gedanke kam immer wieder: „Wir haben es geschafft! Wir haben es geschafft!" Ich lehnte meinen Kopf an die Wand hinter mir, schloss die Augen und dachte: „Danke, Tante! Danke, Onkel!"

Gegen Abend ging es weiter. Unsere Gruppe war nun auf über dreißig Flüchtlinge angewachsen. Wieder war ein Lastwagen unser Transportmittel. Ich war einer der ersten, der hineinkletterte. Als sich der Laderaum allmählich mit immer mehr Menschen füllte, merkte ich, dass der Sauerstoff knapp wurde. Dazu war es sehr heiß!

Die letzten Flüchtlinge wollten offenbar nicht mehr einsteigen, weil es keinen Platz mehr gab. Ich sah nichts, aber ich hörte, dass die Schlagstöcke zum Einsatz kamen. Dann wurde der Laderaum geschlossen. Es wurde dunkel und der Lastwagen fuhr los. Ich konnte nur mit angezogenen Beinen sitzen. Die Luft wurde immer stickiger und es war furchtbar eng. Ich wehrte mich dagegen einzuschlafen, weil ich Angst hatte und mir alles so unheimlich war. Ich wollte auf jeden Fall gewappnet sein, falls etwas Furchtbares passieren sollte.

Gegen Mitternacht kam der nächste Stopp. Der Lastwagen hielt vor einer Hütte mitten im Wald. Wir bekamen etwas zu essen und zu trinken. Alle saßen erschöpft auf dem Boden. Dann folgte die nächste „Ansprache" unseres Führers: „Gleich weiter! Keine Zeit! Fahren Nacht! Und

Tag! Und Nacht! Dann Stopp! Dann neuer Schlepper! Jetzt schnell! Ihr okay, wir okay!“

Als ich zum zweiten Mal in den Lastwagen kletterte mit der Aussicht, in dieser Enge noch eine Nacht, einen Tag und eine weitere Nacht aushalten zu müssen, war mein einziger Trost, dass wir danach einen neuen Schleuser bekommen würden. Vielleicht war der etwas menschlicher und würde ohne solche Schlägertypen auskommen.

„Der mit seinem ewigen ‚Ihr okay, wir okay!‘“, ging es mir durch den Kopf. „Zum Glück sind wir den bald los! Und dann ist die Freiheit wieder ein kleines Stück näher gerückt.“

So versuchte ich, mich mit positiven Gedanken von der nächsten langen Etappe in dem schrecklichen Lastwagen abzulenken.

7

In Gedanken reiste ich mit Akbar mit: Die Reise ging von einem ihm unbekannten Land in das andere, den Schleusern gnadenlos ausgeliefert. Ohne dass er je Schuld auf sich geladen hatte, musste er das Leben eines Flüchtlings führen. Wie gut, dass er nicht wusste, was ihm noch alles bevorstand. Er wusste nur, dass er unbedingt durchhalten musste. Komme, was da wolle!

Wir fuhren wirklich eine Nacht, einen Tag und noch eine Nacht durch, auf engstem Raum, in dem völlig verdunkelten Lastwagen, mit ungefähr dreißig Leuten. Ab und zu gab es kurze Pausen, in denen wir uns die Beine vertreten durften, wenn wir gerade in einem Wald waren, der Schutz vor fremden Blicken bot. Wir teilten das wenige Essen, das wir dabeihatten, und so schnell verhungert man ja auch nicht. Das Brot meiner Tante war zwar schon ganz hart geworden, aber es ging noch. Das Schlimmste waren die Enge, die schlechte Luft und die Angst vor Entdeckung.

Am Ende dieser langen Fahrt erreichten wir wieder ein Haus, wo man schon auf uns wartete. Wir durften sogar duschen und bekamen zu essen und zu trinken. Das Verbindungsnetz der Schleuser über Tausende von Kilometern hinweg ist schon toll, wenn man es so bedenkt!

In dem neuen Haus trafen wir auf andere Flüchtlinge, alle älter als ich, und auf einen neuen Schleuser. Der schien ganz in Ordnung zu sein. Ich war heilfroh, die drei Schlägertypen mit ihrem „Ihr okay, wir okay!" los zu sein, obwohl sie mich ja nicht geschlagen hatten. Der neue

Schleuser teilte uns in Gruppen von zehn bis zwölf Leuten ein und sagte, dass es jetzt ein bis zwei Tage dauern würde, ehe es weiterginge. Daraus wurde dann aber doch eine ganze Woche.

In dieser Zeit fühlte ich mich sehr einsam. Alle hielten sich irgendwie abseits, als ob sie immer noch Angst vor Verrätern hätten, und ich dachte an meine Familie. Ich sagte mir: „Wenn dies hier vorbei ist, will ich aufschreiben, wie alles war. Das hab ich meinem Cousin versprochen und das Versprechen will ich auch halten."

Eines Mittags ging es dann los, in einem Kleinbus mit ungefähr zwölf Leuten. Der Schleuser sagte, dass wir nun zum letzten Stopp fahren würden. Als wir nachts vor einem Haus ausstiegen, war ich ziemlich fertig, weil ich nicht wusste, was er mit „letztem Stopp" gemeint hatte und was als Nächstes passieren würde. Erst mal suchte sich aber jeder einen Platz zum Schlafen.

Am nächsten Morgen schaute ich mir die Leute, die für die nächste Zeit meine Schicksalsgenossen sein würden, näher an. Ein Junge fiel mir auf, ungefähr so alt wie ich, mit einem netten Gesichtsausdruck und wachen Augen, die ständig auf der Suche nach etwas zu sein schienen. Wir machten uns bekannt. Der Junge, ich nenne ihn mal Reza, war ein bisschen älter als ich, kam auch aus Afghanistan, war auch alleine geflohen und hatte schon ganz konkrete Vorstellungen für seine Zukunft.

Er sagte: „Ich hab das Gefühl, dass es kein Zufall ist, dass wir beide uns hier getroffen haben. Zu zweit kann man das alles nämlich viel besser überstehen als alleine. Deshalb müssen wir ab jetzt echt aufpassen, dass wir zusammen eingeteilt werden, wenn es weitergeht. Ich würde es gerne bis Skandinavien schaffen, weil ich viel Gutes darüber gehört habe. Aber bis es so weit ist, sind wir vielleicht schon alte Opas!“ Er lachte und ich dachte: „Skandinavien? Das ist doch irgendwo im Norden? Ob wir das jemals schaffen?“

Von nun an waren wir immer zusammen. Wir entdeckten Gemeinsamkeiten in unseren Lebensläufen und merkten, dass die Wartezeit bis zum nächsten Transport zu zweit viel schneller vergeht, als wenn man sich alleine trüben Gedanken hingibt.

Und dann war es eines Abends endlich so weit! Der Schleuser teilte uns in Gruppen zu zwölf Leuten ein, die mit kleinen Bussen, die schon draußen warteten, losfahren sollten. Zu meinem großen Schrecken sah ich, dass Reza ganz woanders mitfahren sollte! Ich sagte dem Schleuser, dass wir unbedingt zusammenbleiben wollten. Er schüttelte den Kopf und wandte sich von mir ab. Ich wiederholte meine Bitte noch einmal, diesmal lauter. Er drehte sich ärgerlich zu mir um und bedeutete mir mit einer Handbewegung, endlich still zu sein.

So schnell gab ich aber nicht auf. Jetzt hatte ich gerade einen Freund gefunden und sollte ihn gleich wieder verlieren? Ich fiel theatralisch auf meine Knie, reckte die Hände in die Höhe und schrie: „Bitte, trennt mich nicht von meinem Bruder! Wir gehören zusammen! Bitte, das ist für uns so wichtig wie … wie …“ Ich kam ins Stottern und wusste nicht weiter. Alle starrten mich an.

Reza trat zu mir, legte eine Hand auf meine Schulter und wiederholte mehrere Male eindringlich: „Bitte, bitte, nicht trennen!“

Der Schleuser zuckte die Schultern und fragte in die Runde, ob einer aus meiner Gruppe in die Gruppe von Reza tauschen wolle. Zu unserer grenzenlosen Erleichterung meldete sich ein Pakistaner.

Wir bedankten uns sehr und stiegen schnell zusammen in den uns zugeteilten Wagen. Der Bus fuhr los. Reza flüsterte mir zu: „Das hast du klasse gemacht, Bruder! Du wirst sehen, zu zweit schaffen wir das hier alles mit links! Zusammen werden wir das Kind schon schaukeln!"

Ich nickte glücklich.

Dies war also die letzte von den Schleusern organisierte Tour. Meine Gedanken eilten mir voraus. Wir waren Tausende von Kilometern von unserer Heimat entfernt und näherten uns nun einer Küste. Die Überfahrt würde noch für uns organisiert werden. Von da an waren wir dann auf uns alleine gestellt.

Aber da wir überhaupt keine Ahnung hatten, was uns dort erwartete, machte es eigentlich nicht viel Sinn, sich jetzt schon darüber den Kopf zu zerbrechen.

Sorge machte mir eher die bevorstehende Bootsfahrt. Es war allgemein bekannt, dass sie zu den gefährlichsten Stationen der Flucht gehörte. Jeder kannte die Geschichten von manövrierunfähigen Booten, die auf Felsen aufliefen und untergingen, von aufkommenden Stürmen, die sie zum Kentern brachten, von verantwortungslosen Schleusern, die sich selbst in Sicherheit brachten, vorher aber Löcher in die Boote schnitten und alle Insassen ertrinken ließen … Ich schüttelte mich vor Angst.

Der einzige Lichtblick war, dass ich Reza an meiner Seite wusste. Wir würden uns gegenseitig Mut zusprechen und beten, dass es das Schicksal weiterhin gut mit uns meinte!

Die Busfahrt dauerte etwa vierzehn Stunden. In tiefer Nacht hielt unser Auto endlich in einem kleinen Wald an. Wir hörten das Meer ganz nah rauschen. Nun wurde unser Schleuser aktiv: Mit einigen Männern holte er ein großes Schlauchboot aus dem Auto. Es dauerte eine Weile, bis es mithilfe einer Handpumpe mit Luft gefüllt war. Wir anderen standen oder saßen im Kreis herum und schauten zu. Am Schluss wurde ein kleiner Außenbordmotor anmontiert.

Ich bin sicher, dass alle dasselbe dachten wie ich: „Ich will da nicht rein!"

Aber es blieb uns keine Wahl. Das Boot wurde im Dunkeln ins Wasser gelassen. Wir wateten dorthin und wurden dabei fast bis zur Hüfte nass. Bei jedem neuen Passagier sank es tiefer.

Ich dachte: „Wir kommen wahrscheinlich noch nicht mal vom Ufer weg. Wir liegen viel zu tief."

Wir verteilten uns alle rundherum an der Außenwand. Das Boot schwankte bedenklich. Ich hatte entsetzliche Angst. Reza saß dicht neben mir. Er atmete ganz schnell und flach, als ob er Atemnot hätte.

Der Schleuser zeigte zu Lichtsignalen am anderen Ufer hin. Das sei nicht die Polizei, sondern sein Freund, sagte er. Nun könnten wir losfahren. Er ließ den Motor an, der furchtbar laut in meinen Ohren dröhnte. Ich schaute über das Wasser. Die Wellen waren nicht allzu hoch, aber doch bedrohlich nahe am Bootsrand. Wir nahmen Fahrt auf und hielten auf das andere Ufer zu. Die gegenüberliegende Küste war mit bloßen Augen erkennbar, aber die Nähe täuschte – selbst nach ungefähr zehn Minuten schien sie nicht näher gerückt zu sein!

Das Boot lag sehr flach im Wasser. Ab und zu spritzte eine Welle herein. An der Innenseite war ein Seil befestigt, an das sich jeder krampfhaft klammerte. Ich wagte nicht, tief durchzuatmen, um mich so leicht wie möglich zu machen, was natürlich Unsinn war. Ich presste meine Zähne so fest aufeinander, dass sie knirschten, und dachte: „Was für ein Wahnsinn, sich diesem Boot anzuvertrauen! – Wir sind alle viel zu schwer. – Das hält es nie im Leben aus! – Die Küste kommt ja überhaupt nicht näher. – Der Motor ist viel zu laut. – Bestimmt kommt gleich die Polizei. – Oder wir gehen vorher unter!"

Das waren die längsten vierzig Minuten meines Lebens!

Als wir an der gegenüberliegenden Küste ankamen und auf den knirschenden Sand aufliefen, glaubte ich immer noch nicht, dass wir es geschafft hatten. Ich saß wie versteinert im Boot und konnte mich nicht rühren.

Reza sagte: „Komm, wir steigen auch aus! Wir haben es echt geschafft!"

Der Schleuser meinte: „So, jetzt seid ihr frei!"

Ich stieg als Letzter aus und wäre fast hingefallen. Reza hielt mich fest. Der Schlepper nahm ein Messer, schlitzte das Boot an mehreren Stellen auf, warf es sich über die Schulter und stapfte damit in den nahen Wald. Ich schaute mich um. Nur noch Reza stand neben mir. Alle anderen waren schnell und leise in der Dunkelheit verschwunden.

Reza sagte: „Ich dachte die ganze Zeit, dass wir gleich untergehen würden!"

„Ich auch", erwiderte ich. „So eine Angst hab ich noch nie im Leben gehabt. Mensch, Reza …"

Ich wollte mich in den Sand setzen, aber Reza hielt mich am Arm fest und sagte: „Komm, wir verstecken uns erst mal im Wald und warten da, bis es hell wird. Wir haben ja auch noch was zu essen. Was anderes können wir jetzt sowieso nicht machen."

Wir stolperten mehr zu dem nahen Wäldchen, als dass wir gingen. Wir suchten uns einen Sitzplatz und aßen in der Dunkelheit unsere letzten Vorräte auf. Dann legten wir uns, immer noch nass, durchgefroren und völlig fertig, aber unendlich erleichtert, auf den harten Waldboden, schauten in den Sternenhimmel und lauschten dem Rauschen des Meeres. Unsere Augen fielen zu und im Schlaf holten wir uns Kraft für die Abenteuer, die uns noch bevorstanden.

8

Akbars Schilderung dieser riskanten Bootsfahrt hatte ich atemlos zugehört. Beinahe täglich gab es in den Nachrichten Berichte über missglückte Fluchtversuche über das Meer, sei es von Griechenland, von der Türkei oder von Afrika aus. Unlängst hatte ich außerdem von vielen Toten auf der Flucht von der indonesischen Insel Sulawesi nach Australien gelesen.

Ich dachte: „Nur wer zutiefst verzweifelt ist und nichts mehr zu verlieren hat, setzt sich diesem Risiko aus."

Und hier saß nun Akbar vor mir, frisch und gesund, bereit, in seinem Bericht fortzufahren. Ich hörte gespannt zu, was er weiter zu erzählen hatte:

Irgendetwas kitzelte mich in der Nase. Ich musste niesen und wachte auf. Über mir sah ich Zweige, durch die die Sonne schien. Neben mir lag Reza, zusammengerollt wie ein Baby, immer noch schlafend. Ich spürte jeden einzelnen meiner Knochen und dachte: „Wie hart doch so ein Waldboden ist!" Dann setzte ich mich mühsam auf, schaute mich um und sagte zu mir: „Das ist also ein richtiger Wald! Hätte ich ja nie gedacht, dass ich die feste Erde mal so lieben würde."

Ich schüttelte mich, drückte meine Hände gegen den trockenen, warmen Boden und versuchte, die wieder aufkommende Panik in Erinnerung an die schreckliche Überfahrt der letzten Nacht zu bekämpfen.

Ich dachte: „Nur nicht weinen, du hast es ja überlebt. Schau nach vorn, Akbar. Überleg dir deinen nächsten Schritt."

Und wie als Antwort auf meine Gedanken hörte ich plötzlich Reza neben mir fragen: „Wo wollen wir jetzt hin?"

Ich schaute ihn an. Er sah auch ganz zerknittert aus, reckte die Arme in die Höhe, gähnte und setzte erneut an: „Was machen wir jetzt?"

„Ich hab keine Ahnung", antwortete ich.

Reza meinte: „Erst mal müssen wir uns orientieren, wo wir überhaupt sind. Lass uns einen Berg suchen. Einfach so im Wald rumzulaufen bringt nichts."

Ich nickte. Wir setzten unsere Rucksäcke auf, klopften die inzwischen getrockneten Hosen ein bisschen ab und marschierten los.

Es war noch früher Morgen. Die Sonne schien, die Vögel zwitscherten, alles sah sehr friedlich aus und hätte uns noch mehr gefallen, wenn sich nicht immer beharrlicher der Hunger gemeldet hätte. Wir konnten ihn aber nicht stillen, denn nach der Landung in der vorigen Nacht hatten wir ja vor lauter Erleichterung, dass wir nicht ertrunken waren, unsere letzten Vorräte aufgegessen.

Bald erreichten wir eine kleine Anhöhe, von der aus wir eine ganz gute Sicht über unsere Umgebung hatten.

„Dahinten ist ein Dorf", sagte Reza. „Sollen wir das anpeilen? Oder hast du einen anderen Vorschlag?"

Ich sagte: „Irgendwie müssen wir es erst mal zu einem Hafen schaffen und dazu brauchen wir Menschen. Also auf ins Dorf!"

Die Orientierung von oben war ein guter Wegweiser gewesen. Zwar dauerte es noch gut zwei Stunden, bis wir die ersten Häuser erreichten, aber wir gelangten ohne Umwege dorthin, wenn auch in recht langsamem Tempo.

Reza fragte auf Englisch eine Frau, die vor ihrem Haus in der Erde hackte, wie wir zum Hafen kämen. Sie sagte, dass es keinen Bus zum Hafen gäbe. Aber Taxi, ja, dann Schiff, dann Bahn, dann große Stadt.

Wir schauten uns an. Reza sagte: „Wir haben es ja nicht eilig. Ein Taxi ist bestimmt furchtbar teuer und wir müssen unser Geld zusammenhalten. Wenn wir die richtige Richtung zum Hafen haben, können wir es mit Laufen versuchen. Und vielleicht nimmt uns ja unterwegs auch jemand mit. Was meinst du?"

Ich war einverstanden. Was blieb uns auch anderes übrig? Also marschierten wir in der angegebenen Richtung los. Wenn wir ein Auto hinter uns hörten, blieben wir stehen und reckten die Daumen in die Höhe. Aber niemand hielt an. Wir hätten unsichtbar sein können, so stur blickten die Fahrer geradeaus. Im Stillen schickte ich ihnen alle Flüche hinterher, die ich kannte. Das lenkte mich ein bisschen von dem nagenden Hunger ab, den ich immer stärker fühlte. Ab und zu ruhten wir uns aus, dann ging es weiter. Aber wir wurden immer langsamer.

Schließlich wurde uns klar, dass wir auf diese Art nie den Hafen erreichen würden. Ohne Taxi war es wohl doch nicht machbar. Aber der Tag neigte sich dem Ende zu und erst einmal musste die Frage des Übernachtens geklärt werden.

Wir sahen am Straßenrand eine Art Herberge, eine Hütte mit einem Kreuz darauf. Darin lagen auf Bänken Decken, außen gab es ein Plumpsklo, sonst war niemand zu sehen. Wir beschlossen, hier die Nacht zu verbringen. Außen am Haus entdeckten wir einen Wasserhahn. Wir füllten unsere leeren Trinkflaschen und tranken, so viel wir konnten. Es kümmerte uns nicht, ob das Wasser sauber war. Wir waren nach diesem Tag, an dem wir praktisch nur gelaufen waren, völlig ausgetrocknet und ausgelaugt.

Bei Einbruch der Dunkelheit legten wir uns mit sehr gemischten Gefühlen in dieser christlichen Hütte zum Schlafen nieder, trotz allem dankbar, ein schützendes Dach über dem Kopf gefunden zu haben.

Am nächsten Morgen hatten wir den Luxus eines Wasserhahnes, an dem wir uns ein bisschen waschen konnten. Wir tranken so viel Wasser, wie unser Magen vertrug, und beschlossen, bei nächster Gelegenheit nun doch ein Taxi zu nehmen, um endlich den Hafen zu erreichen.

Wieder begann der Tag mit Wandern entlang der Landstraße, mit vorbeifahrenden Autos, die auf unsere müde hochgereckten Daumen auch an diesem Tag nicht reagierten, und dem nagenden Hungergefühl, das allerdings etwas schwächer war als am Tag davor. Vielleicht hatten sich unsere Mägen schon umgestellt?

Im nächsten Dorf, das wir nach ungefähr einer Stunde erreichten, sprach Reza auf Englisch eine ältere Frau an, ob sie uns ein Taxi zum Hafen bestellen könne. Sie fragte, ob wir Geld hätten. Reza sagte: „Ja."

Sie sah uns scharf an, zuckte dann mit den Schultern und holte ein Handy aus ihrer Tasche. Sie wählte, sprach ein paar Zauberworte und kurz darauf hielt ein Taxi neben uns an. Erleichtert sanken wir in die Polster und genossen die Schnelligkeit, mit der wir nun vorankamen.

Die Landschaft, durch die wir fuhren, war recht eintönig, die Straße meist schnurgerade. Ab und zu tauchte ein

Dorf auf. Der Fahrer fuhr, als ob wir alle drei auf der Flucht seien (was ja sogar in etwa stimmte), aber es passierte zum Glück nichts. Er stellte sein Radio mit Popmusik auf volle Lautstärke und kurbelte die Fenster herunter, sodass uns der Fahrtwind um die Ohren pfiff. Dazu trommelte er mit seinen Fingern einen wilden Rhythmus auf dem Lenkrad.

Ich dachte: „Der weiß gar nicht, wie gut er's hat! Er hat eine Heimat, einen Job, bestimmt auch eine Familie …" Aber als ich einen dicken Kloß im Hals verspürte, verbot ich mir energisch solche Gedanken und konzentrierte mich wieder auf meine Umgebung. Etwas hatte sich verändert: Es roch nach Wasser! Und da tauchten auch schon die ersten Schiffsmasten und -schornsteine auf.

In einer eleganten Kurve fuhr unser Taxi auf einen Parkplatz. Der Fahrer stellte den Motor und die Musik aus, grinste uns an und sagte auf Englisch: „Hier Hafen! 30 Euro!"

Reza, der vorne saß, kramte in seinem Rucksack und gab ihm 30 Dollar.

Der Fahrer grinste nicht mehr. „No Dollar, Euro!", schrie er. Er sah sehr wütend aus.

Ich rief von hinten: „Nur Dollar, keine Euro, bitte nehmen!"

Reza breitete die Hände aus, um zu zeigen, dass wir nichts anderes hätten. Der Fahrer fluchte laut, sah dann aber wohl ein, dass er entweder Dollar oder gar nichts bekommen würde, und nahm widerstrebend das Geld in Empfang.

Aber Reza gab noch nicht auf. Statt nun schleunigst auszusteigen, wozu uns der Fahrer wild gestikulierend aufforderte, holte er noch mehr Dollarscheine hervor, hielt sie ihm hin und sagte: „Bitte Euro wechseln, Ticket, Schiff, Athen!“

Der Fahrer starrte ihn zuerst sprachlos an, wurde noch genervter, als ich von hinten „Bitte Euro geben!“ rief, schüttelte den Kopf, holte dann aber tatsächlich, wenn auch sehr widerstrebend, seine Geldbörse heraus und tauschte Rezas Dollarscheine in Euro um. Dann bedeutete er uns, immer noch wütend, endlich auszusteigen.

Aber Reza fragte schnell und mit ganz unschuldigem Gesichtsausdruck: „Ticket, Athen, Schiff, wo?“

Der Fahrer hob die Hände in die Höhe, als wolle er sagen: „Gott behüte mich vor diesen beiden Ausländern!“ Dann ließ er aber tatsächlich den Motor noch einmal an und fuhr um ein paar Ecken direkt vor ein Häuschen, wo es einen Schalter gab.

Wir bedankten uns überschwänglich, stiegen nun ganz schnell aus und sahen ihm nach, als er mit aufheulendem Motor um die Ecke verschwand.

„Der ist froh, dass er uns los ist“, sagte Reza befriedigt.

Ich sagte bewundernd: „Gut, dass du so hartnäckig warst.“

Er lächelte und antwortete: „Merk dir: Nur das Resultat zählt. Stell dir mal vor: Wir sind gerade gut drei Stunden mit dem Taxi gefahren! Dafür hätten wir zu Fuß mindestens zwei Wochen gebraucht! Das war das Geld schon wert.“

Ich nickte und gab ihm die Hälfte des Fahrpreises von den gerollten Dollarscheinen aus meiner Hosentasche. Dann kauften wir mit unseren neu erworbenen Euros zwei Fahrkarten für die Überfahrt nach Athen.

Die 30 Euro dafür verringerten unseren Geldbesitz zwar erheblich, aber es führte kein Weg daran vorbei. Und dann leisteten wir uns endlich auch eine kleine Mahlzeit aus Brot und Wurst am nächsten Kiosk.

Das Schiff sollte am Abend losfahren. Es war riesengroß. Als wir über die Gangway gingen, musste ich mich gewaltsam zwingen, Schritt vor Schritt zu setzen. Das leichte Schaukeln unter meinen Füßen brachte die Erinnerung an die schreckliche Überfahrt im Schlauchboot zurück. Ich redete mir gut zu: „Akbar", sagte ich zu mir, „sei kein Frosch. Dies ist ein großes, stabiles Schiff. Du wirst bestimmt nicht ertrinken."

Ich weiß nicht, wie es Reza ging. Wir standen recht schweigsam an der Reling und sahen zu, wie das Schiff ablegte. Wir suchten uns eine geschützte Ecke, wo wir die Nacht verbringen konnten. Das leichte Vibrieren der Schiffsmotoren wiegte uns in den Schlaf.

Die Überfahrt dauerte die ganze Nacht. Als wir am nächsten Morgen zusammen mit den anderen Passagieren das Schiff verließen, fragten wir einen Mann, ob dies Athen sei. Er schüttelte den Kopf und deutete auf eine Bushaltestelle in der Nähe. Wir stiegen mit vielen anderen Leuten ein und sagten zu dem Fahrer: „Zentrum." Er nickte. Wir suchten uns einen Platz. Wir hatten keine Ahnung, wie lange wir fahren würden.

Wir dösten vor uns hin und hofften, im richtigen Bus zu sitzen. Nach etwa drei Stunden rief der Fahrer: „Zentrum!"

Es war offenbar die Endstation, denn alle Leute verließen den Bus. Auch wir stolperten hinaus. Wir standen auf einem riesigen Platz. Der Verkehrslärm und der Benzingestank waren ungeheuerlich.

Wir fragten einen Mann: „Zentrum Athen?“

Er schüttelte den Kopf und deutete auf ein blaues Schild mit einem großen M. Die Metro! Wir liefen viele Treppen hinunter, kauften für 1,50 Euro ein Ticket, stiegen in den Zug und fragten immer wieder in die Runde: „Zentrum?“

Nach ungefähr dreißig Minuten tippte uns jemand an und sagte: „Zentrum!“

Wir stiegen aus und fuhren auf vielen Rolltreppen ans Tageslicht. Wir waren tatsächlich angekommen!

Vor dem brausenden Verkehr und den vielen Menschen um uns herum retteten wir uns erst mal in einen kleinen Park, den wir in der Nähe erblickten. Wir warfen uns in das grüne Gras, schlugen mit den Armen um uns, strampelten mit den Beinen und schrien laut und lachend in den Himmel: „Europa, wir kommen! Europa, wir sind da! Europa, wir haben es geschafft!“

Dies war einer der seltenen Augenblicke, in denen wir trotz unserer misslichen Lage restlos glücklich waren. Denn wir hatten eine weitere sehr schwierige Etappe unserer Reise erfolgreich hinter uns gebracht.

9

Ich konnte die Freude der beiden gut nachempfinden: Mit viel Glück, mit ihrem kleinen Geldpolster und der Unterstützung aus der Heimat, aber auch durch ihren Mut und ihr Durchhaltevermögen hatten sie nach fast zwei Monaten ein erstes großes Ziel, Athen, erreicht.

Doch es war ihnen auch klar, dass sie hier nicht bleiben konnten. Sie hatten schnell mitbekommen, dass sie auf keinen Fall der Polizei in die Hände fallen durften. Waren sie auf der Wache erst einmal registriert, verschwanden sie hinter Stacheldraht in irgendwelchen hoffnungslos überfüllten Auffanglagern. Nein, sie hatten all die Mühsal der Flucht bestimmt nicht auf sich genommen, um dort „lebendig begraben" zu werden, ohne Aussicht auf ein zügiges und faires Verfahren! Ich fragte Akbar, wer ihnen denn nun weitergeholfen habe. Er sagte:

Ich war nun schon so lange unterwegs und hatte noch keine Chance gehabt, meine Tante und meinen Onkel anzurufen. Es war höchste Zeit für einen ersten Lagebericht und auch für einen Ratschlag, denn weder Reza noch ich hatten die leiseste Ahnung, wie es von hier aus weitergehen sollte.

Ich fand einen Laden, von dem aus man Gespräche ins Ausland führen konnte. Mein Herz klopfte bis zum Hals, als ich dem Klingelton lauschte und verzweifelt betete: „Bitte, liebe Tante, sei zu Hause! Bitte, heb ab!"

Da hörte ich schon ihre vertraute Stimme und musste mich kurz an die Wand lehnen, weil meine Beine vor Erleichterung plötzlich ganz schwach wurden.

„Bist du's wirklich, Akbar, mein Junge?", rief sie. „Wie haben wir alle auf deinen Anruf gewartet! Geht's dir gut? Wo bist du?" Das war eine gute Frage. „Zentrum Athen" genügte ihr nicht. Sie wollte meinen genauen Standort wissen. Ich fragte den Ladenbesitzer nach seiner Adresse. Zum Glück verstand er, was ich von ihm wollte.

Meine Tante sagte: „Gut, ruf in einer Stunde wieder an. Ich glaube, ich kann ein paar Kontakte für dich herstellen, aber ich brauche ein bisschen Zeit. Bis später."

Sie legte auf und ich dachte erleichtert, was für ein Glück ich hatte, so eine hilfsbereite, tatkräftige Tante zu haben.

Nach einer quälend langsam vergangenen Stunde telefonierte ich wieder mit ihr. Sie gab mir den Namen eines Mannes, der in der Nähe wohnen sollte. Sie meinte, er würde mir eine billige Unterkunft besorgen. Dort solle ich mich dann weiter umhören und in Erfahrung bringen, wie die Aussichten für eine Weiterfahrt seien. Sie legte auf.

Ich dachte: „Die hat gut reden. Wie soll ich denn in dieser riesigen Stadt diesen einen Mann finden?"

Ich dachte auch an die zwei Nächte im Park zurück, wo Reza und ich etwas abseits von den Wegen auf der Erde gelegen und versucht hatten, etwas Ruhe zu finden. Richtig einschlafen durften wir nicht, denn die Polizei führte ab und zu Razzien durch, denen man sich nur durch schnelle Flucht entziehen konnte. Wie schön wäre mal wieder eine Nacht in einem geschützten Raum gewesen!

Ich zeigte Reza den Zettel mit dem Namen des Mannes, der laut meiner Tante in diesem Viertel leben sollte. Reza ging forsch auf einen Passanten zu und stellte seine Frage auf Englisch. Nach mehreren Fehlversuchen deutete einer tatsächlich auf eine Kneipe gegenüber! Wir konnten unser Glück kaum fassen!

Der Wirt hinter dem Tresen dort musterte uns sehr unfreundlich. Ich stotterte, meine Tante würde ihn bitten, uns zu einer billigen Unterkunft zu verhelfen. Bei der Erwähnung des Namens meiner Tante ging ein Lächeln über sein Gesicht. Er trocknete sich die Hände ab, rief einem Kellner ein paar Worte zu und bedeutete uns, ihm zu folgen.

Reza flüsterte mir zu: „Hoffentlich ist das keine Falle und er steckt mit der Polizei unter einer Decke!"

Aber ich schüttelte den Kopf. Ich glaubte fest an seine guten Absichten, obwohl er uns in eine heruntergekommene Gegend mit engen, schmutzigen Gassen führte. Endlich blieb er stehen und deutete auf einen Hauseingang. Über der Tür konnte man noch ein vergilbtes Schild erkennen, das offenbar auf ein „Hotel" hinwies. Wir bedankten uns.

Der Mann nickte kurz und machte sich dann gleich wieder auf den Rückweg. Es war tatsächlich ein Hotel! Und ein billiges dazu! Für drei Euro bekamen wir eine Matratze zugewiesen. Wir zahlten erst mal für eine Woche und freuten uns auf ein paar ungestörte und „gepolsterte" Nächte. Das Beste aber war: Alle Gäste schienen Afghanen zu sein! Das hatte meine Tante durch ihre Beziehungen gewusst. So konnten wir mit Landsleuten über unsere Lage sprechen und Ratschläge einholen.

Ich erlebte zum ersten Mal die absolute Solidarität, die unter Afghanen auf der ganzen Welt herrscht. Das gegenseitige Helfen ist selbstverständlich, soweit es dem Einzelnen eben möglich ist.

Wir erfuhren, dass ein Schleuser Richtung Skandinavien 4000 Euro kosten würde. Reza und ich telefonierten also wieder. Er rief seinen Bruder an, der versprach, das Geld für ihn irgendwie aufzutreiben. Es würde aber wahrscheinlich viele Wochen dauern.

Meine Tante meinte am Telefon, sie wolle sehen, was sie für mich tun könne, und dann etwas Geld an die Adresse meines Hotels überweisen. Ich wisse aber doch sicher, dass sie nie und nimmer 4000 Euro schicken könne.

Das war mir natürlich klar. Sie hatte schon mehr für mich getan, als ich je zu hoffen gewagt hatte. Das sagte ich ihr noch schnell, bevor sie auflegte.

Zwei quälende Tage des Wartens auf mein Geld folgten. Reza hatte sich bereits auf viele Wochen des Wartens eingestellt, bis das Geld seines Bruders eintreffen würde. Ich konnte das nicht verstehen. Ich fühlte Panik in mir aufsteigen. Ich sah mich in der heruntergekommenen Herberge um und dachte: „Ich muss so schnell wie möglich weg von hier. Wenn ich mir keinen Schleuser leisten kann, muss ich eine andere Möglichkeit finden!"

Ich trat zu einer Gruppe von Afghanen, mit denen ich schon vorher geredet hatte, und fragte verzweifelt: „Wenn ich kein Geld für einen Schleuser habe, wie komme ich dann weiter Richtung Italien? Wisst ihr einen Rat?"

Sie unterbrachen kurz ihre Unterhaltung, sahen mich an, zuckten mit den Schultern, schüttelten den Kopf und unterhielten sich weiter. Gerade als ich entmutigt weggehen wollte, trat ein älterer Mann auf mich zu und sagte leise: „Es gibt noch einen anderen Weg, Junge. Komm mit raus, hier kann ich nicht gut sprechen. Ich kann dir vielleicht helfen."

Ich folgte ihm auf den Flur hinaus. Wir suchten uns ein ruhiges Fleckchen, setzten uns auf den Boden und der Mann begann: „Keiner von uns will dir den Rat geben, den ich dir jetzt sage, weil es ein sehr gefährlicher Rat ist, und alle glauben, dass du zu jung dafür bist. Ich habe dich und deinen Freund seit eurer Ankunft beobachtet. Ich glaube, du hast das Zeug dazu, aber es ist eine verdammt riskante Sache. Willst du sie trotzdem hören?"

Ich nickte, bat ihn weiterzureden und dachte: „So schlimm wird es schon nicht werden!"

Er fuhr fort: „Du kaufst dir ganz legal eine Zugfahrkarte von hier bis zur Küste nach Patras. Das ist nicht allzu teuer. Patras ist eine Hafenstadt. Nun beobachtest du ein paar Tage lang die großen Lastwagen, die voll beladen auf die Fähren fahren. Mit ein bisschen Glück gelingt es dir, in einem unbeobachteten Moment in den Laderaum eines Lastwagens zu klettern. Du musst dich ganz hinten verstecken, denn es kommen noch mehrere Kontrollen. Dann fährt der Lastwagen mit dir auf die Fähre. Für die Überfahrt musst du ungefähr zehn Stunden rechnen. Wenn du merkst, dass du wieder auf dem Festland bist, springst du in einem günstigen Moment hinaus – und bist drüben!"

Er schwieg und beobachtete mich. Ich schluckte. Das hörte sich zwar ganz gut an, aber ich war inzwischen erfahren genug, um zu ahnen, dass es auch schiefgehen konnte.

Der Mann klopfte mir auf die Schulter, lachte und sagte: „Das ist nur ein Vorschlag, Junge. Lass ihn dir durch den Kopf gehen. Du brauchst ja nichts zu überstürzen. Sprich mit deinem Freund und dann hör darauf, was dir dein Bauchgefühl sagt. Geschenkt wird uns Afghanen nichts, aber es steht auch nichts dagegen, dass du es auf diese Weise schaffen könntest. Einen anderen Ratschlag kann ich dir nicht geben.“ Mit diesen Worten stand er auf und ging.

Ich blieb lange sitzen, starrte auf die gegenüberliegende Wand, ohne sie wahrzunehmen, und versuchte, Ordnung in meine Gedanken zu bringen. Sollte ich das Risiko dieser Fluchtmöglichkeit ins Auge fassen? Das Ganze konnte tödlich enden, daran bestand kein Zweifel.

Zwar wollte ich so bald wie möglich von hier fort, aber wie viele hatten es schon auf diesem Weg versucht und waren gescheitert? War es nicht leichtsinnig, mein Leben dadurch aufs Spiel zu setzen?

„Ach, hier bist du. Ich hab dich schon überall gesucht. Ich soll dir sagen, dass das Geld von deiner Tante angekommen ist. Hey, Akbar, hörst du mir überhaupt zu?“ Reza stand vor mir und langsam kam ich in die Wirklichkeit zurück.

Ich sagte: „Setz dich. Ich muss mit dir reden.“ Dann erzählte ich ihm von der Möglichkeit einer Flucht per Lastwagen.

Reza schüttelte den Kopf. Er sagte: „Also, für mich hört sich das wahnsinnig gefährlich an. Da kann eine Menge schiefgehen, das sag ich dir. Aber wenn du es unbedingt riskieren willst – bitte, tu dir keinen Zwang an. Nur, ich mach da nicht mit, dass du das gleich weißt. Hab ich dir schon gesagt, dass dein Geld da ist? Übrigens: Ich fänd es schade, wenn du in so einem blöden Lastwagen deinen Kopf riskieren würdest." Er stand auf und schlenderte davon.

Ich sah Reza nach. Ich glaubte zu wissen, was in ihm vorging. Er war eifersüchtig, dass ich eine Tante hatte, die mir mit Rat und Tat zur Seite stand. Er hatte nur einen Bruder, der ihm zwar eine Menge Geld versprochen hatte, aber er schien sich nicht richtig auf ihn verlassen zu können. Das zehrte offenbar an seinen Nerven.

Alle Afghanen hier waren ja in derselben Situation. Alle wollten Griechenland verlassen und keiner machte sich Illusionen darüber, wie groß die Chancen dafür waren. Das war an der angespannten Atmosphäre zu spüren, die hier herrschte, obwohl keiner seine Sorgen laut aussprach.

Seufzend erhob ich mich. Ich holte das Geld meiner Tante. Wie hatte sie es nur geschafft, 300 Euro flüssigzumachen? Ich kaufte ein paar Anziehsachen, die ich dringend benötigte. – Und plötzlich war mir klar, dass ich mich für den Fluchtweg im Lastwagen entschieden hatte.

Reza ahnte es auch. Wir umarmten uns kurz. Es fielen keine großen Worte. Wir hatten beide einen Kloß im Hals, wussten wir doch nicht, ob wir uns je wiedersehen würden. Was wir in den letzten Wochen zusammen durchgemacht hatten, würde uns für immer verbinden, aber uns war auch klar, dass wir an einem Punkt angelangt waren, von dem es kein Zurück gab.

Ich sammelte meine wenigen Sachen zusammen und warf einen letzten Blick auf das Haus, das mir in den vergangenen Tagen Zuflucht geboten hatte. Hier hatte ich viel Solidarität mit meinen Landsleuten erfahren, aber nun musste ich alleine meinen Mann stehen.

Entschlossen ging ich zum Bahnhof. Wieder versuchte ich, einen kleinen Schritt in Richtung Freiheit zu machen, ohne jedoch zu wissen, wie genau ich ihn umsetzen sollte. Als ich die Fahrkarte löste, fühlte ich mich mutig und froh. Obwohl meine Situation alles andere als rosig war, glaubte ich in diesem Augenblick an einen guten Ausgang meiner Flucht.

10

Es fiel mir schwer, die frohgemute Aufbruchstimmung Akbars nachzuempfinden. Immerhin hatte er gerade Reza, seinen Weggefährten der vergangenen Wochen, verlassen, war wieder ganz auf sich alleine gestellt und wusste von der Gefährlichkeit der Weiterfahrt.

Aber er wusste auch, dass es für ihn in seiner jetzigen Situation keine Alternative für die Fortsetzung der Flucht gab, und so sprach er sich auf der Zugfahrt Richtung Hafen immer wieder Mut zu. Er erzählte:

Als ich in Patras aus dem Zug stieg, dachte ich: „Hier bleibe ich nicht lange, das ist mal klar."

Ich lief zum Hafen und sortierte erst mal die Lage. Es gab jede Menge Schiffe mit viel Betrieb, schwitzende Arbeiter, die Container aus- und einluden, riesige Kräne, Lärm, Gestank und Hektik, aber nirgends eine einladende Gangway mit dem Hinweisschild: Blinde Passagiere bitte hier einchecken!

Ich wandte mich ab und erforschte erst mal die nähere Umgebung des Hafens. Ich erblickte viele provisorische Hütten aus Kartons und Wellblech. Es herrschte ein reges Kommen und Gehen. Ich fragte mich besorgt, ob hier wohl lauter Menschen wohnten, die wie ich heimatlos und nur vorübergehend hier untergekommen waren. Wenn sie sich auch alle auf der Durchreise befanden und meinen Weg wählten, dann sahen meine Chancen auf einen Weitertransport wohl nicht sehr rosig aus.

Als ich so dastand und meine nächsten Schritte überlegte, sprach mich ein alter Mann in meiner Heimatsprache an. Er wollte wissen, was ich hier tue, woher ich komme, wohin ich wolle, wo meine Familie sei usw. Da er nicht wie ein Polizist oder Spitzel aussah und auch Afghane war, fasste ich Vertrauen zu ihm und sagte: „Ich komme aus Afghanistan und will weiter übers Wasser. Ich hab kein Geld für einen Schleuser. Ich hab aber von den Lastwagen gehört, auf die man aufspringen kann. Können Sie mir helfen?"

Er nickte und sagte: „Ich heiße Hadji Hadji. Hier hast du für die Nacht erst mal einen Karton und eine Decke. Such dir einen Platz zum Schlafen da drüben im Wald, aber nicht zu nah an der Straße, falls Kontrollen von der Polizei unterwegs sind. Komm morgen früh wieder her, dann zeig ich dir, wie der Trick mit den Lastwagen funktioniert. Das ist aber eine riskante Angelegenheit, dass du das nur gleich weißt. Hier, nimm auch noch das Brot und die Äpfel mit. Du siehst ja ganz verhungert aus. Und nun ruh dich erst mal aus. Für das, was du vorhast, brauchst du viel Kraft und ausgeschlafene Füße."

Ich bedankte mich sehr und machte mich in Richtung des Waldes auf. Ich suchte mir ein abgelegenes Plätzchen hinter einem großen Busch, aß dankbar das Brot und die Äpfel und machte mir aus dem großen Karton eine Art Bett. Die Decke reichte soeben, wenn ich die Füße eng an den Körper zog.

Während ich noch überlegte, was Hadji Hadji wohl mit „ausgeschlafenen Füßen" gemeint hatte, war ich bereits fest eingeschlafen.

Ich erwachte erst, als die Sonne am nächsten Morgen schon aufgegangen war und durch die Baumwipfel ein paar Strahlen auf mein Lager fielen. Im ersten Augenblick war ich völlig orientierungslos und wusste nicht, wo ich war, aber dann fiel mir alles wieder ein: der Abschied von Reza, die Bahnfahrt, Hadji Hadji und die Lastwagen!

Schnell versteckte ich meinen Karton und die Decke, hängte mir meinen Rucksack um und machte mich auf die Suche nach dem alten Mann.

Der begrüßte mich freundlich und sagte, während wir in Richtung Hafen gingen: „Also, Junge, du bist natürlich nicht der Einzige, der versucht, von hier wegzukommen. Guck dich um. Hier am Hafen enden alle Ausfallstraßen für die Lastwagen Richtung Italien. Hier werden sie beladen und eingeschifft.

Deine Chance sind die großen Kreuzungen da drüben mit den Ampeln. Dort ist die einzige Möglichkeit aufzuspringen, ohne dass die Fahrer es merken, und zwar bei Rot. Aber du musst schnell sein, sonst wirst du erwischt. Wenn du es geschafft hast und drinnen bist, musst du gleich Richtung Fahrerhaus klettern, damit du bei einer Kontrolle nicht entdeckt wirst. Und wenn du in einem Lastwagen mit Obst gelandet bist, darfst du um Himmels willen nichts davon essen, denn alles ist mit Gift gegen Würmer besprüht, damit es länger hält. Sonst wird dir sauschlecht davon!

Und klettere nicht zu bald raus, denn die Überfahrt dauert ziemlich lange, und wenn sie dich zu früh entdecken, bringen sie dich gleich wieder zurück und alles war umsonst. Außerdem sind sie dann sauer auf dich und verprügeln dich vielleicht oder werfen dich ins Wasser oder bringen dich direkt zur Polizei. So, und nun versuch dein Glück, aber glaub nicht, dass es gleich beim ersten Mal klappen wird.“ Mit diesen Worten machte Hadji Hadji sich auf den Rückweg und ließ mich alleine.

Ich dachte: „Das klingt ja alles unheimlich ermutigend!“

Ich schlenderte zu den Ampeln hinüber. Überall standen Jungen in meinem Alter herum, aber auch junge Männer waren dabei. Alle taten betont gelangweilt und unterhielten sich. Ich hielt mich etwas abseits und beobachtete erst mal, was als Nächstes passieren würde.

Nach ein paar Minuten sah ich einen großen Lastwagen auf die Ampel zurollen und bei Rot anhalten. Blitzschnell zog sich einer der Jungen hinten hoch und probierte aus, ob die Tür sich öffnen ließ. Er rüttelte allerdings vergeblich am Griff.

Da fuhr der Lastwagen auch schon wieder an. Alle schrien. Gerade noch rechtzeitig sprang der Junge ab und brachte sich vor dem nachrollenden Verkehr in Sicherheit.

Mir stockte der Atem. Das war knapp gewesen! Und absolut erfolglos dazu! Und das sollte mein Fluchtweg werden? Ich dachte mutlos: „Es hilft ja nichts“, und ging auf die mir am nächsten stehende Gruppe zu. Zu dem Jungen, der gerade abgesprungen war, sagte ich auf Dari, meiner Muttersprache: „Sportliche Leistung eben. Hast du das schon öfter gemacht?“

Er grinste und antwortete auch auf Dari: „Täglich, mein Lieber, täglich. Da gibt's manchmal ganz schön blaue Flecken beim Runterspringen, aber man gewöhnt sich dran. Man muss das Ganze tatsächlich von der sportlichen Seite her angehen.“ Er sah mich von oben bis unten an und stellte dann fest: „Du bist aus Afghanistan, du bist alleine hier, du hast kein Geld, du willst übers Wasser, du willst dich in einem Lastwagen verstecken.“ Ich nickte jedes Mal. „Wie heißt du?“

Ich sagte: „Akbar."

Er erwiderte: „Ich bin Ali", und gab mir die Hand. Den anderen Jungen rief er zu: „Hallo, wir haben einen Neuzugang! Das ist Akbar."

Ich begrüßte jeden Einzelnen von ihnen und hörte lauter vertraute afghanische Namen: Hassan, Jaffa, Kambar, Tariq ...

Da rief Ali plötzlich: „Da kommt der nächste alte Opa!"

Ehe ich begriffen hatte, was er meinte, rannte einer aus unserer Gruppe auf den Anhänger eines Lastwagens zu, der gerade bei Rot an der Ampel hielt. Wie vorher schon Ali, zog er sich geschickt an der Plane hoch und versuchte, irgendein Schlupfloch zu finden, um ins Innere zu gelangen, leider wieder vergeblich.

Als die Ampel grün wurde, schrien alle: „Spring!", und er sprang. Die nachfolgenden Autofahrer drohten ihm mit der Faust und fuhren um ihn herum. Er rollte sich ab und kam lachend zu uns gelaufen. Die anderen schlugen ihm auf die Schulter und sagten: „Reife Leistung!", aber mir war vor Schreck wieder fast das Herz stehen geblieben. Die Jungen riskierten hier bei jedem Versuch aufzuspringen ihr Leben und sahen das als einen großen Spaß an?

Aber da ich ja von ihnen lernen wollte, blieb ich bei ihnen und war erstaunt, wie schnell der Tag mit Reden, Warten und ihrem gelegentlichen Klettern und Springen vorüberging. Ich ließ mich von der guten Laune der Jungen anstecken und vergaß sogar immer wieder für kurze Zeit den Ernst unserer Lage.

Irgendwann sagte einer zu mir: „Los, Akbar, da kommt ein ganz gemütlicher alter Opa. Jetzt bist du mal dran.

Renn! Wenn es eine Öffnung gibt, winkst du. Wenn nicht, springst du."

Ich überlegte nicht lange. Ich rannte zu dem Lastwagen, zog mich hoch, als er vor der Ampel zum Stehen kam, und rüttelte an der Verkleidung. Wie erwartet, war alles dicht. Als die anderen schrien, sprang ich seitwärts ab und machte, dass ich von der belebten Straße kam. Ich wurde mit lautem Beifall begrüßt.

„Dem Opa hast du es aber gezeigt!"

„Beim ersten Mal klappt es nie!"

„Du darfst bleiben, Bruder!"

Ich war so stolz, als hätte ich gerade eine Aufnahmeprüfung bestanden!

Irgendwann kam einer der Jungen mit Brot und Bananen, die wir brüderlich teilten. Aber der Tag ging zu Ende, ohne dass wir auch nur einen offenen Lastwagen gefunden hatten.

Als es zu dämmern begann, sagte Ali: „Hört mal her. Neulich hat es nachts doch auch mal geklappt, wisst ihr noch? Tamim und Ismet hatten Glück und sind mitgefahren. Also: Wer ist dabei, wenn wir uns in ungefähr drei Stunden wieder hier treffen? Dann ist es stockdunkel. Vielleicht klappt's ja. Ich komme auf jeden Fall. Wer noch?"

Fünf Jungen wollten mitmachen, ich auch. Ich wollte die Niederlage des heutigen Tages nicht einfach so akzeptieren. Ich wollte das Schicksal zwingen, mir so bald wie möglich eine Fluchtmöglichkeit zu geben. Ich wollte einfach nur weiter!

11

Ich schüttelte innerlich den Kopf. Hier passte der Begriff „jugendlicher Leichtsinn“ wirklich genau! Nicht nur der Versuch, in die Lastwagen zu gelangen, war äußerst riskant. Keiner wusste, was z. B. mit Tamim und Ismet passiert war, nachdem sie es geschafft hatten, ein Schlupfloch zu finden. Hatten sie sich erfolgreich verstecken können oder waren sie zu früh entdeckt worden? Hatten sie rechtzeitig den Absprung gefunden und jemals das herbeigesehnte Festland betreten?

Aber Akbar berichtete schon weiter:

In der Nacht trafen wir uns also kurz vor Mitternacht wieder an der Ampel. Ali sagte leise zu mir: „Wenn's klappt, nix wie rein. Wenn der Fahrer was merkt, rennen und verstecken.“

Ich nickte und merkte, wie mein Herz vor Aufregung klopfte. Wieder näherte sich ein Lkw. Die hellen Scheinwerfer wirkten auf mich wie drohend starrende Augen, die mich hypnotisieren wollten.

Als das Ungetüm zum Stehen kam, schrie Ali: „Jetzt!“, und zog sich an einem Haltegriff nach oben. In diesem Augenblick öffnete sich vorne die Fahrertür. Der Fahrer sprang heraus, schrie irgendetwas und rannte nach hinten.

Wir schrien: „Ali, Vorsicht!“, und stoben in alle Richtungen davon. Ich sah noch aus den Augenwinkeln, dass Ali blitzschnell reagiert hatte, heruntergesprungen war und wie wir alle vor dem Fahrer flüchtete.

„Ausgeschlafene Füße!“ Ich rannte auf eine breite, jetzt nicht sehr befahrene Straße zu, überquerte sie und warf mich in einen parallel dazu verlaufenden, trockenen Graben. Ich duckte mich ins Gras und horchte, ob ich außer meinem eigenen schweren Atem die Schritte unseres Verfolgers ausmachen konnte. Aber ich hörte nur das Motorengeräusch vorbeifahrender Autos.

Endlich wagte ich es, den Kopf zu heben und zur Ampel hinüberzuschauen. Der Lastwagen war weg! Der Fahrer hatte wohl eingesehen, dass er keine Chance hatte, einen von uns einzuholen. Und er konnte seine kostbare Fracht ja auch nicht allzu lange unbeaufsichtigt lassen, noch dazu an einer Ampel.

Uff, das war noch mal gut gegangen! Ich guckte mich vorsichtig nach allen Seiten um, soweit das in der Dunkelheit möglich war. Ich sah keine mir bekannten Gestalten. Ich erhob mich, klopfte die Erde von meiner Hose und meiner Jacke ab, vergewisserte mich, dass mein Rucksack, in dem ich alle meine wichtigen Sachen aufbewahrte, noch da war und trottete langsam Richtung Wald zu meinem Unterschlupf. Heute Nacht würde keiner mehr einen Fluchtversuch riskieren, das war mir klar.

Am nächsten Morgen trafen wir uns wieder an unserer Ampel. Wir machten Witze über den wütenden Fahrer und waren stolz, dass wir schneller gewesen waren als er. Und wir hielten Ausschau nach dem nächsten „alten Opa".

Es entwickelte sich zu einer Art Routine: Unser Treffpunkt war immer eine der zahlreichen Ampeln in der Nähe des Hafens. Wir warteten, redeten, liefen ein bisschen herum. Wenn ein Erfolg versprechender Lastwagen lange genug vor uns hielt, dass einer aufspringen konnte, gab es eine „Blitzaktion". Dann folgte die Enttäuschung und das Warten begann von Neuem.

Längst hatte das „Entern“ der Lastwagen seinen Schrecken für mich verloren. Klar war es gefährlich, aber es ging ja immer glimpflich ab. Meine immer größer werdende Geschicklichkeit beim Aufspringen und die Anerkennung durch meine Kameraden waren eine kleine Entschädigung für die vielen Enttäuschungen, die wir einstecken mussten.

Vier Wochen vergingen. Viel später, als ich schon in Deutschland war, hörte ich von einem afghanischen Freund, dass er an derselben Stelle über zwei Jahre gebraucht hatte, ehe ihm die Flucht auf diese Art und Weise gelang.

Ich wurde von Tag zu Tag unruhiger. Ich wollte einfach nicht akzeptieren, dass meine Flucht hier zu einem Stillstand gekommen war. Selbst wenn nur ein paar Sekunden blieben, bis der Lastwagen weiterfuhr, kletterte ich hinauf, um gleich darauf wieder abspringen zu müssen. Bald achtete ich auch nicht mehr darauf, jedes Mal für den Ernstfall gerüstet zu sein und den Rucksack mitzunehmen. Ich war wütend und frustriert.

Ali sagte warnend zu mir: „Akbar, du musst mehr Geduld haben. Wir anderen warten hier schon viel länger als du und geben auch nicht auf. Mit Wut kommst du nicht weiter. Sie macht dich höchstens unvorsichtig. Eines Tages wird's schon klappen!“

Ich antwortete: „Mensch, ich will weg! Ich halte das hier nicht mehr aus!“

Er lachte nur und wiederholte: „Ich sag dir: Eines Tages klappt es schon. Aber erzwingen kann man es nicht.“

Und kurz nach diesem Gespräch klappte es wirklich!

Unsere Gruppe hatte an diesem Tag, wie üblich, viele vergebliche Versuche unternommen. Einer sagte: „Kommt, lasst uns abzischen. Das bringt heute nichts mehr.“

In diesem Augenblick fuhr hinter einem bereits wartenden Lkw, den wir schon „getestet“ hatten, ein weiterer Lkw heran und bremste.

Ich sagte: „Ich versuch den hier noch“, und rannte zu dem Wagen. Ich zog mich hoch, merkte, dass er schon wieder anfuhr, hörte das Rufen meiner Freunde, drückte trotzdem weiter gegen die Verriegelung – und spürte, dass sie tatsächlich nachgab. Ich drehte mich auf dem schon fahrenden Lastwagen zu meinen Freunden um, sah als Letztes ihre fassungslosen Gesichter und drängte mich dann, so schnell ich konnte, in den Innenraum hinein.

Die Chance, auf die ich seit Wochen gewartet hatte, war zur Wirklichkeit geworden!

Ich tastete mich im Dunkeln vorwärts Richtung Fahrerhaus, wie es mir Hadji Hadji geraten hatte. Die Ladung in den vielen Kisten fühlte sich wie Trauben an. „Nicht essen“, dachte ich, aber nach Essen war mir sowieso nicht zumute. Ich kletterte ganz nach hinten, ordnete die Behälter, die ich beim Überqueren eingedrückt hatte, wieder halbwegs und legte mich dann auf einige Kisten, wobei ich hinter größeren Kisten Deckung suchte. In dieser Stellung wartete ich zunächst mal ab.

Nach einiger Zeit hörte ich, wie der Fahrer den Motor ausstellte. Lange passierte gar nichts.

Ich sagte zu mir: „Akbar, seit Beginn dieser Fahrt ist vielleicht erst eine Stunde vergangen. Du bist garantiert noch nicht mal auf einem Schiff, denn das würdest du spüren. Jetzt werde ja nicht ungeduldig und mach die Chance nicht kaputt, die du endlich gekriegt hast.“

Ich blieb also weiterhin in meiner liegenden Position, obwohl mir bald alle Knochen wehtaten. Ich dachte mit Wehmut an den Rucksack, den ich zurückgelassen hatte, und wusste auf einmal nicht mehr, ob ich mich nun freuen sollte oder nicht.

Plötzlich wurde der Motor wieder angelassen. Es hörte sich an, als ob der Fahrer in eine Parklücke rangieren würde. Als er dieses Manöver abgeschlossen hatte, stellte er den Motor wieder aus. Kurz danach gingen beide Außentüren auf. Ich sah den Strahl einer Taschenlampe, der hin und her wanderte, hörte mehrere laute Männerstimmen, merkte, wie an die Wände und die Kisten geklopft wurde, und hatte wahnsinnige Angst, dass sie mich bemerken könnten.

Aber niemand entdeckte mich! Die Außentüren wurden wieder geschlossen. Ich entspannte mich ein wenig, blieb aber in meiner liegenden Stellung, da ich weitere Kontrollen befürchtete. Allmählich wurde mir bewusst, dass es sehr kalt in dem Anhänger war! Zu allem Unglück befand sich direkt über mir ein Ventilator, der kalte Luft in den Raum blies. Ich lag direkt in seinem Windkanal, was ausgesprochen unangenehm war. Aber weiter vorne, wo es wärmer war, wäre ich sofort entdeckt worden. Ich versuchte, das Kältegefühl zu verdrängen, um nicht in Panik zu geraten.

Nach einer geschätzten halben Stunde wurde der Motor wieder angestellt. Wir fuhren ungefähr zwanzig Minuten. Dann wurde es erneut still um mich. Ich versuchte, mich zu erheben, um meine abgestorbenen Glieder ein bisschen zu bewegen. Es gelang mir nur mühsam. Ich bemerkte nun durch die rollende Bewegung des Bodens, dass wir wahrscheinlich auf dem Meer waren.

Ich befühlte meine eiskalten Beine, meine eiskalten Hände, mein eiskaltes Gesicht. Zum ersten Mal kam mir der Gedanke, dass ich hier vielleicht erfrieren könnte! Es gelang mir, meine lange Hose auszuziehen und in Streifen zu reißen. Ich wickelte sie um meine Füße und Hände. Dann legte ich mich wieder hin.

Ich dachte: „Vielleicht erfriere ich jetzt. Aber solange ich denken kann, ist noch Leben in mir."

Ich dachte an mein Zuhause und an alle Menschen, die mir je etwas bedeutet hatten. Das Schlimmste schien mir zu sein, dass niemand wissen würde, wo und wie ich gestorben war, wenn ich hier nicht lebend herauskam. Mir war so kalt, dass ich noch nicht mal weinen konnte. Trotzdem schlief ich irgendwann ein.

Ich wachte davon auf, dass der Motor wieder angelassen wurde. Ich wollte meine Position etwas verändern, um besser versteckt zu sein, falls wieder Kontrollen kamen. Da merkte ich, dass ich wegen der Kälte schon fast bewegungsunfähig war!

Ich dachte: „Bald musst du hier raus, Akbar, sonst erfrierst du wirklich."

Da hielt der Lastwagen an und der Motor wurde ausgestellt. Wieder ging die Tür auf, wieder sah ich den Strahl der Taschenlampen und hörte laute Männerstimmen, und wieder blieb ich unentdeckt.

Die Tür fiel zu. Wir fuhren weiter. Aus der anderen Fahrweise des Wagens schloss ich, dass wir das Meer verlassen hatten. Ich dachte: „Jetzt muss ich mich bemerkbar machen, sonst ist es bald wirklich zu spät."

Ich klopfte mit meiner Faust an die Wand, was absolut lächerlich war, da ich keine Kraft mehr hatte und mich selbst kaum hören konnte. Ich kam mühsam irgendwie auf die Beine, suchte in der Dunkelheit auf dem Boden herum und bekam eine Eisenstange zu fassen. Ich hob sie hoch, konnte sie aber mit meinen starren Fingern nicht festhalten. Ich legte sie auf meinen Unterarm, drückte mit der anderen Hand dagegen und versuchte, die Stange mit dem Arm gegen die Wand zu schlagen. So erzeugte ich einen ohrenbetäubenden Krach, aber der Lieferwagen fuhr unbeirrt weiter. Niemand hörte mich.

Ich dachte: „Ich klopfe jetzt so lange, bis ich tot umfalle."

Immer wieder holte ich aus, um mit dem Rohr auf die Wand einzuschlagen. Irgendwann merkte ich, dass der Motor ausgestellt worden war. Ich schlug weiter. Ich dachte verzweifelt: „Gibt es denn da draußen keine Menschen mehr? Hört mich denn niemand?"

Und dann wurde die Tür geöffnet! Ich erblickte einen Mann, der bei meinem Anblick laut aufschrie. Ich wollte reden, aber aus meinem Mund kam kein Laut. Ich deutete nur nach draußen.

Die Tür schloss sich wieder. Ich legte mich auf die Traubenkisten, denn meine Beine trugen mich nicht mehr. Ich war überwältigt von der Erkenntnis, dass ich einen Menschen gesehen hatte und bald hier herausgeholt würde. Andererseits war ich überzeugt, dass nun gleich die Polizei auftauchen würde. Der Gedanke schockierte mich aber nicht: Ich wollte nur raus aus der Kälte!

Als die Tür dann wieder aufging und ich eine Leiter erblickte, auf der derselbe Mann stand, der vorhin geschrien hatte und der mich nun anglotzte, als sei ich ein Gespenst, hob ich nur schwach bittend meine Hände in die Luft. Er hob mich hoch wie ein Paket, legte mich über seine Schulter, stieg vorsichtig mit mir die Leiter hinunter und setzte mich am Bordstein ab. Wir befanden uns an einer Tankstelle. Außer uns war niemand zu sehen.

Der Fahrer legte eine Decke um meine Schultern, redete die ganze Zeit beruhigend in einer mir unbekannten Sprache auf mich ein und brachte mir dann Tee. Er hielt mir die Tasse vor den Mund und ich trank in kleinen Schlucken. Meine Hände zitterten so sehr, dass ich die Tasse nicht halten konnte.

Als ich merkte, wie das heiße Getränk durch meinen Körper floss und meine Lebensgeister langsam wieder erwachten, füllten sich meine Augen mit Tränen. Bald schluchzte ich so laut, dass es mir peinlich war, aber ich konnte nicht anders. Die vergangenen Stunden waren fast zu viel für mich gewesen.

Der Mann streichelte unbeholfen meinen Kopf und gab mir immer wieder zu trinken. Dann bedeutete er mir, schön sitzen zu bleiben, und verschwand für ein paar Minuten. Er kam mit einer Landkarte zurück und deutete fragend darauf. Ich hatte mich so weit beruhigt, dass ich mich auf seine Fragen konzentrieren konnte. Er zeigte mir, wo wir gerade waren, und schien zu fragen, wo ich hergekommen sei. Ich suchte Afghanistan, aber es war nicht mehr auf der Karte. Ich zeigte irgendwohin weit in den Osten.

Er fragte: „Geld? Pass? Familie?“

Ich schüttelte zu allem den Kopf und sagte bittend: „Schweden? Dänemark?“

Da schüttelte wiederum er den Kopf, brachte mir mehr Tee und bedeutete mir weiterzutrinken.

Jetzt stellte ich die im Augenblick für mich wichtigste Frage: „Italien?“, und zeigte auf die Tankstelle.

Als er nickte, konnte ich zum ersten Mal seit Stunden wieder lächeln. Dann fragte ich: „Rom?“

Er zuckte mit den Schultern, kletterte in seinen Lastwagen und rumorte dort herum. Ich glaubte nicht, dass er noch die Polizei holen würde. Ich trank noch einen Schluck Tee, genoss die Wärme, die sich allmählich in meinem Körper ausbreitete, lehnte den Kopf an die Zapfsäule, schloss die Augen und wusste: Vorerst war ich in Sicherheit.

12

Mit angehaltenem Atem hatte ich Akbars Bericht zugehört. Ich musste an die zurückgelassenen Freunde denken. Sie würden weiterhin versuchen, auf die haltenden Lastwagen aufzuspringen, obwohl ihnen klar war, dass es irgendwann einmal schiefgehen konnte.

Akbar hatte großes Glück gehabt, dass er gerade noch rechtzeitig vor dem Erfrieren gerettet worden war! Er erzählte weiter:

Nach einiger Zeit kam der Mann wieder zu mir zurück. Er hatte den Arm voller Anziehsachen von sich selbst. Er bedeutete mir, sie anzuziehen. Sie waren mir viel zu groß, aber sie waren wunderbar! Ich bekam eine lange Hose, einen Pullover, eine Mütze, einen Schal. Dann machte er ein Foto von mir. Ich lächelte in die Kamera und war mit allem einverstanden.

Er bedeutete mir, in den Lastwagen zu klettern, und schob von hinten nach, da ich noch sehr schwach war. Ich durfte vorne bei ihm im Führerhaus sitzen. Er schenkte mir noch 20 Euro und fuhr dann los.

Da eine Unterhaltung nicht möglich war, konnte ich ungestört meinen Gedanken nachhängen. Ich dachte an meine „Ampelfreunde“. Ich wünschte ihnen im Stillen alles Gute, aber nie so einen Horrortrip im Kühlwagen, wie ich ihn erlebt hatte!

Verstohlen musterte ich meinen Retter von der Seite. Er hatte schwarze, lockige Haare, war ungefähr vierzig Jahre alt, untersetzt und kräftig gebaut. Ab und zu warf er mir einen besorgten, doch freundlichen Blick zu.

Ich dachte: „Was du für mich getan hast, werde ich dir nie vergessen. Allah möge dich immer beschützen!"

Nach ungefähr einer Stunde kamen wir zu einem kleinen Ort mit einem Bahnhof. Der Fahrer hielt an. Er deutete zu den Gleisen und sagte: „Rom." Er ergriff meine beiden Hände und drückte sie kräftig. Dann zog er mich an sich und klopfte mir auf den Rücken. Ich hatte mal wieder einen Kloß im Hals, lächelte aber tapfer und sagte immer wieder: „Danke, danke!"

Er nickte nur. Ich stieg aus und winkte dem Fahrer und dem riesigen Gefährt nach, das fast mein Grab geworden wäre. Dann machte ich mich auf die Suche nach einem Geschäft, in dem Hosen verkauft wurden. Mit der Hose meines Lebensretters konnte ich mich ja kaum bewegen, weil sie viel zu lang war.

Inzwischen war es fast Mitternacht geworden. Der Bahnhof lag still und dunkel vor mir, als ich mich ihm wieder näherte. Natürlich waren alle Schalter geschlossen. Ich fragte jemanden: „Rom?", als sich ein Zug näherte. Er nickte. Ich stieg ohne Fahrkarte ein. Bald kam ein Schaffner. Ich sagte „Rom" und hielt ihm mein Geld hin. Er nahm es, stellte mir eine Fahrkarte aus und gab mir 25 Euro zurück. In meinem Abteil saß ein Schwarzer. Ich fragte ihn: „Rom?" Er nickte. Ich bat ihn mimisch, mich in Rom zu wecken, lehnte mich in eine Ecke und war fast in derselben Sekunde vollkommen erschöpft von den überstandenen Strapazen eingeschlafen.

Nach ungefähr fünf Stunden rüttelte mich der Schwarze wach und zeigte nach draußen: Rom! Als ich ausstieg, empfingen mich ohrenbetäubender Lärm und große Hitze. Alles war voller Hektik und Gedränge. Ich überschlug meine Finanzen. Mir standen nur noch ungefähr dreißig Euro zur Verfügung.

Ich dachte: „Eins nach dem anderen, Akbar. Zuerst musst du mal aus dem Gewühl hier rauskommen, dann etwas in den Magen kriegen und dann rufst du deine Tante an."

Gesagt, getan. Nach dem Verspeisen eines Brötchens und einer dicken Wurst ging es mir gleich besser. Wie durch ein Wunder fand ich dann ein öffentliches Telefon und bekam auch gleich Anschluss. Meine Tante freute sich natürlich, dass ich es bis Rom geschafft hatte. Aber irgendwie klang ihre Stimme anders als sonst.

Ich fragte: „Ist alles in Ordnung?"

Sie bejahte und bedeutete mir, in ungefähr einer Stunde wieder anzurufen. Sie wolle sich nach afghanischen Helfern für mich umhören. Später erfuhr ich, dass mein Onkel in diesen Tagen bei einem Verkehrsunfall ums Leben gekommen war. Nun musste meine Tante zusehen, wie sie die Familie alleine durchbrachte. Mich wollte sie mit dieser traurigen Nachricht aber in meiner damaligen Situation nicht belasten. Noch heute bin ich ihr dankbar, dass sie mir diesen Schock ersparte!

Ich erzählte ihr nur kurz, dass ich in einem Lastwagen versteckt von Griechenland nach Italien übergesetzt hatte. Sie gratulierte mir und legte dann auf.

Ich dachte: „Wenn du wüsstest – das war alles andere als toll", aber nun war ich ja erst mal in Sicherheit. Dennoch spürte ich die Todesangst, die ich in dem Anhänger gehabt hatte, immer noch in meinen Knochen. Mein Verstand sagte mir, dass es vorbei sei, aber mein Unterbewusstsein konnte das nicht so schnell vergessen.

Ich dachte: „Akbar, reiß dich zusammen. Selbstmitleid ist das Letzte, was du jetzt gebrauchen kannst. Warum bist du nicht einfach froh, dass es überstanden ist, und denkst nicht mehr an die Kälte und den Schmerz?"

Aber da war ein kleiner Teufel in meinem Kopf, der mich in regelmäßigen Abständen daran erinnerte, dass ich fast erfroren wäre. Noch Wochen danach war er sehr aktiv und piesackte mich immer wieder. Zuerst ignorierte ich ihn, dann argumentierte ich mit ihm, dann flehte ich ihn an, mich endlich in Ruhe zu lassen – und irgendwann gab er tatsächlich auf. Nur ganz selten erscheint er mir heute noch im Traum.

Es wurde Zeit für einen zweiten Anruf bei meiner Tante. Sie hatte tatsächlich neue Informationen. Sie sagte: „Such nach einem Park, in dessen Nähe viele Brücken sind. Das ist der Treffpunkt vieler Afghanen, die dir erst mal weiterhelfen. Wenn du dort angekommen bist, melde dich wieder. Viel Glück."

Damit legte sie auf.

Ich schaute mich um. Um mich brandete der Verkehr, Menschen hasteten an mir vorbei. Ich konnte mich ihnen nicht verständlich machen und alles war mir unheimlich. Außerdem hatte ich schon wieder Hunger. Ich kaufte mir noch ein Brötchen und eine Wurst.

Dann machte ich mich auf die Suche nach dem Park mit den vielen Brücken. Ich lief immer am Wasser entlang und war entsetzt, wie viele Parks in der Nähe von Brücken es in Rom gab. Ich lief den ganzen Tag in der Stadt herum und wurde immer verzweifelter. Zwischendurch kaufte ich mir einen Saft und ein Brötchen. Allmählich wurde es dunkel. Aber es war eine helle

Nacht und ich wusste, dass ich nicht aufgeben durfte. Wenn ich diesen Treffpunkt der Afghanen nicht fand, gab es niemanden mehr, der mir weiterhelfen konnte. Ich lief und lief. Beim Anblick jeder Brücke regte sich Hoffnung in mir, aber entweder gab es keinen Park in der Nähe oder es gab dort keine Afghanen.

Kurz vor Mitternacht, als ich schon aufgeben wollte, sah ich zwei neue Brücken, die ich noch nicht kannte, und einen Park, in dem viele dunkelhäutige Männer herumstanden. Ich war gerettet! Ich ging zu ihnen und sprach sie in meiner Muttersprache an, aber keiner antwortete. Es waren keine Afghanen. Ich gab aber nicht auf. Ich ging einfach weiter und fragte immer wieder laut: „Wer spricht hier Dari?“, bis plötzlich ein paar Männer auf Dari antworteten. Hurra! Ich hatte Anschluss gefunden!

„Was brauchst du, Bruder?“, fragten sie.

„Eine Dusche, eine Toilette und ein Internetcafé.“

Ein Junge in meinem Alter, der sich als Hassan vorstellte, stand auf und sagte: „Komm mit, ich zeig dir alles.“

Wir freundeten uns sofort an und verbrachten in den nächsten Wochen viel Zeit miteinander, ehe das Schicksal uns wieder trennte.

Hassan zeigte mir alles. In der nahen Kirche gab es zweimal täglich, mittags und abends, Essen umsonst. Wir schliefen im Freien unter einer der Brücken.

Hassan war mir eine große Hilfe und ein guter Kamerad. Auch er wollte nach Skandinavien und drängte mich, mir Geld für die Fahrkarte dorthin zu besorgen. Er hatte es nämlich schon beisammen und wollte bald losfahren.

Vom Internetcafé aus konnte ich mit meiner Tante telefonieren. Und der Besitzer nahm auch Geld aus dem Ausland an und zahlte es uns aus. Aber zum ersten Mal sagte meine Tante, dass sie gerade kein Geld auftreiben könne.

Ich antwortete: „Kein Problem", aber als ich zwei Wochen später wieder bei ihr anrief, konnte sie mir immer noch nicht helfen. Heute weiß ich natürlich, dass der Grund dafür der Tod meines Onkels war.

Doch Hassan sah keinen Sinn darin, seine Abfahrt meinetwegen auf unbestimmte Zeit zu verschieben. Schweren Herzens nahmen wir Abschied voneinander, ungewiss, ob wir uns je wiedersehen würden.

Vorgreifend kann ich berichten, dass er heute gut integriert in Paris wohnt. Den Wunsch, Skandinavien zu erreichen, hat er irgendwann aufgegeben, ist aber mit seinem jetzigen Leben sehr zufrieden. Wir haben nach einer längeren Pause wieder Kontakt aufgenommen und sind weiterhin gute Freunde.

13

Für Akbars ungeduldiges Temperament stellte ich es mir wirklich schwierig vor, nun Wochen passiven Wartens vor sich zu haben. Seine Tante hatte ihm deutlich gemacht, dass er in Rom bleiben müsse, bis sie wieder Geld auftreiben könne, und daran musste er sich halten. Seine wenigen ihm verbliebenen Euro galt es auf jeden Fall zu sparen.

So blieb ihm nichts anderes übrig, als das Beste aus dieser Situation zu machen. Er sagte zu mir:

Immer, wenn ich verzweifeln wollte, kam die Erinnerung an die schrecklichen Stunden im Kühlwagen wieder hoch, obwohl ich die ja eigentlich verdrängen wollte. Dann ging es wieder eine Zeit lang ganz gut.

Aber der Besitzer des Internetcafés, der zum Glück ein wenig Dari sprach (ich nenne ihn mal Samir), war allmählich wirklich genervt von mir. An ihn wollte meine Tante ja Geld überweisen, wenn sie endlich etwas hätte, und so lungerte ich täglich stundenlang in Sichtweite seines Ladens herum, um ja gleich zur Stelle zu sein, wenn das Geld ankäme.

Als es dann endlich da war und Samir mir die freudige Botschaft überbrachte, sagte er ganz trocken, viel länger hätte er meine Verzweiflung auch nicht mehr ertragen können.

Fast zehn Wochen hatte es gedauert, bis ich stolzer Besitzer von sage und schreibe 400 Dollar wurde! Samir tauschte sie in Euro um und nun ging es ans Planen. Er sagte: „Wenn du nach Skandinavien willst, musst du das auf Umwegen versuchen. Den direkten Weg schafft keiner, dafür sind die Kontrollen an den Grenzen zu streng. Aber auch die Umwege sind ein Problem. Überhaupt ist alles ein Problem. Eine andere Möglichkeit ist ein Taxi. Das kostet ungefähr tausend Euro und könnte klappen, aber eine Garantie gibt es dafür natürlich auch nicht."

Ich sah ihn lange an, ohne zu antworten. Schließlich meinte er: „Ich muss mich jetzt mal um mein Geschäft kümmern. Sag mir Bescheid, wenn du dich entschieden hast." Mit diesen Worten ließ er mich alleine.

Ich dachte: „Jetzt wird es ernst. Diese Entscheidung kann dir niemand abnehmen. Wenn du die anderen Afghanen drüben auf der Wiese fragst, hat jeder eine andere Meinung, und im Grunde können sie ja auch nicht wissen, was sie dir raten sollen. Samir weiß schon eher Bescheid. Aber, wie er schon richtig gesagt hat, gibt es für keine Reiseroute eine Garantie. Ich weiß echt nicht, was ich will."

Lange ging ich mit mir selbst zurate. Dann dachte ich: „Meine Tante hat oft gesagt: Wenn du mal gar nicht mehr weiterweißt und die Vernunft dir nicht weiterhilft, hör darauf, was dir deine Seele sagt. Das ist das Richtige. Und wenn du erst einmal einen Entschluss gefasst hast, ist es wichtig, dass du unbedingt dabei bleibst."

Ich lächelte. Ich hatte mich entschieden! Ich ging zu Samir und fragte ihn, ob er heute Abend etwas Zeit für mich habe. Er sah mich scharf an und erwiderte: „Zwischen 19.00 und 20.00 Uhr kann ich es einrichten."

Ich bedankte mich und ging leichten Herzens davon.

Ich hatte mich für eine ganz reguläre Fahrkarte Richtung Skandinavien entschieden, allerdings für die

Route mit dem Umweg über Paris. Ich wusste, dass ich damit mein Glück gewaltig herausforderte, so ganz ohne Pass, aber da musste ich nun durch, auch wenn ich keine Ahnung hatte, wie.

Den Nachmittag verbrachte ich damit, bei meinen Landsleuten nach einem Weggefährten zu suchen. Ich stellte mir eine Fahrt zu zweit einfach sicherer vor. Und ich wusste ja, dass sie alle von hier fortwollten. Aber meine Idee, mit einer einfachen Zugfahrkarte ohne Pass die Kontrollen irgendwie zu umgehen, fanden sie aussichtslos.

Sie sagten: „Kannst du es nicht erwarten, geschnappt zu werden?“ Und: „Ohne Pass ist das Ganze der reinste Wahnsinn!“ Und: „Alleine hast du vielleicht eher eine Chance durchzukommen.“

Also verabschiedete ich mich von allen, packte den Rucksack, den ich mir vor Kurzem gekauft hatte, und machte mich ein letztes Mal auf den Weg zu Samirs Laden. Es dauerte dann noch mal eine gute halbe Stunde, ehe er zu mir herüberkam und sagte: „So, jetzt hab ich ein bisschen Zeit für dich. Nun lass mal hören, wie dein genialer Plan aussieht.“

Ich antwortete: „Können Sie mir bitte mit meinem Geld eine Fahrkarte auf einem Umweg über Paris nach Skandinavien kaufen und mir sagen, wo der Zug abfährt und wo ich einsteigen muss?“

Er starrte mich an und fragte nur: „Ohne Pass?“

Ich nickte. Er seufzte, zuckte dann mit den Schultern und bedeutete mir mitzukommen. Wir liefen etwa vierzig Minuten bis zu einem Bahnhof. Keiner sagte ein Wort.

Er dachte bestimmt: „Der Junge ist verrückt.“

Und ich dachte: „Was tu ich bloß?“

Aber nun gab es kein Zurück mehr. Samir kaufte mir eine Fahrkarte für 110 Euro. Wir warteten auf Gleis 2. Er schärfte mir ein: „Du darfst auf keinen Fall einschlafen! Einmal musst du umsteigen, das ist ganz wichtig. Und pass auf, dass du den richtigen Anschlusszug nimmst …"

Als der Zug einfuhr, fühlte ich Panik in mir aufsteigen. Ich sagte mit gepresster Stimme: „Danke für alles", und wollte ihm ein bisschen Geld in die Hand drücken. Aber er wies es zurück, umarmte mich nur kurz und sagte mit rauer Stimme: „Viel Glück, Akbar!"

Er schob mich in den Zug. Die Türen fielen zu, die Wagen setzten sich in Bewegung, Samirs Gestalt und der Bahnsteig verschwanden. – Ich war mal wieder allein!

14

Ich selbst war schon oft mit dem Zug durch Europa gereist und wusste, dass trotz des Schengen-Abkommens an den Grenzen immer noch kontrolliert wurde. Besonders gründlich war man bei fremdländisch aussehenden Reisenden – und erst recht bei allein reisenden Minderjährigen.

Diese Tatsachen waren Akbar auch bekannt, aber wie so oft war er optimistisch und vertraute auf sein Glück. Ich merkte aber an dem Zittern in seiner Stimme, dass ihm schon klar gewesen war, an welch seidenem Faden es diesmal hing. Er fuhr fort:

Ich hatte mir gemerkt, dass ich in ungefähr acht Stunden den Zug verlassen und den Anschlusszug nach Paris erwischen musste. Ich hatte mir den Namen der Station, an der ich aussteigen musste, auf die linke Handfläche geschrieben, weil ich mir den Namen nicht merken konnte. Ich hatte keine Ahnung, wie ich es schaffen sollte, die ganze Nacht bis zum Aussteigen wach zu bleiben und außerdem die Passkontrollen zu umgehen.

Ich entwickelte eine mir sinnvoll erscheinende Routine: Sowie ich einen Kontrolleur erblickte, verschwand ich auf die Toilette, wo ich längere Zeit blieb. Danach wechselte ich den Sitzplatz. Wenn mir die Augen zuzufallen drohten, verschwand ich wieder auf die Toilette und spritzte mir Wasser ins Gesicht, um wach zu bleiben. Meinen Rucksack nahm ich jedes Mal mit. Als Sitzplatz wählte ich immer einen Eckplatz, stellte mich schlafend und bedeckte mein Gesicht mit meinem Schal, um mein fremdländisches Äußeres zu verbergen.

Obwohl ich im Laufe der Nacht immer müder wurde, verbot ich mir eisern einzuschlafen. Instinktiv fühlte ich, dass ich mich damit „dem Feind ausliefern würde“, und so hielt ich tapfer durch, bis endlich die Station, an der ich den Zug wechseln musste, ausgerufen wurde.

Ich dachte: „Samir, du kannst stolz auf mich sein: Ich hab es geschafft!“, und stieg glücklich aus. Draußen dämmerte bereits der Morgen. Ich sah nur wenige Leute auf dem Bahnsteig. Es war kalt und regnerisch. Ich ging zu einem Mann, der eine Bahnuniform trug, und zeigte ihm meine Fahrkarte. Er deutete auf ein anderes Gleis, zeigte auf seine Uhr und sagte etwas, das ich nicht verstand. Ich nickte und richtete mich auf eine längere Wartezeit ein.

„Nur nicht auffallen“, dachte ich. „Die Hälfte hab ich jetzt ungefähr hinter mir. Irgendwie ist es ja schon ein Wunder, dass ich bis hier durch alle Passkontrollen durchgeschlüpft bin! Und ich bin auch kein Mal eingeschlafen, obwohl ich oft kurz davor war. Hoffentlich klappt es weiter so gut!“

Dann kam mein Zug. Ich stieg ein, suchte mir einen Eckplatz, bedeckte mein Gesicht mit meinem Schal, dachte noch: „Bloß wach bleiben!“, war aber in derselben Sekunde eingeschlafen! Die Anspannung der vergangenen Nacht forderte ihren Tribut. Und offenbar gelang es niemandem, mich bei den Kontrollen, die sicher erfolgten, wachzurütteln. Wieso dies einfach so akzeptiert wurde, ist mir bis heute ein Rätsel!

Ich wachte erst auf, als mich jemand am Arm schüttelte und laut auf mich einredete. Ich öffnete die Augen und erblickte mehrere Männer mit Eimern und Besen, offenbar die Putzkolonne. Ich schaute mich erstaunt um und sah, dass ich ganz alleine in dem Zugabteil saß. Ich fühlte, ob mein Rucksack noch da war, nahm meinen Schal und meine Mütze und stieg, noch ganz benommen, aus.

Erst auf dem Bahnsteig wurde mir die ganze Tragweite des eben Erlebten bewusst: Entgegen aller Voraussagen hatte ich das winzige Schlupfloch gefunden, das mich wieder über eine Grenze (oder waren es zwei gewesen?) meinem Ziel im Norden näher gebracht hatte! Ich atmete tief durch. Am liebsten hätte ich einen Luftsprung gemacht und meine Freude laut herausgeschrien, aber die Devise hieß weiterhin „nicht auffallen", weshalb ich schnell den Bahnhof verließ und mich suchend umsah. Ich war in Paris!

Ich erblickte einen Taxistand und brachte einen der Fahrer dazu, mir ein paar Münzen zum Telefonieren umzutauschen. Inzwischen war es Mittag geworden. Ich merkte auf einmal, wie hungrig ich war. Nach dem Verzehr eines belegten Brötchens und einer Cola fühlte ich mich gleich besser. Ich fand ein Telefon und hatte nach kurzer Zeit meine Tante am Apparat.

Ich rief: „Ich bin in Paris! Aber ich weiß nicht, wie ich weiterkommen soll."

Meine Tante antwortete: „Glückwunsch! Du kommst deinem Ziel immer näher! Gib mir ein paar Stunden, ehe du wieder anrufst. Ich höre mich um und sag dir dann Bescheid. Aber gib mir mindestens vier Stunden." Damit legte sie auf.

Ich dachte: „Sie ist wie eine Puppenspielerin, die hinter der Bühne die Fäden zieht und alles im Griff hat. Und ich folge dem Weg, den sie mir vorgibt. Ohne sie wäre ich verloren. Ich möchte bloß wissen, woher sie immer die Tipps hat, die sie mir gibt. Ob sie Afghanen auf der ganzen Welt kennt?"

Ich fand diese Stadt sehr verwirrend. Um mich herum brandete der Verkehr, überall war Hektik, Hupen und Hasten, ich verstand kein Wort und konnte auch die Informationen auf den Schildern nicht übersetzen. Allerdings wusste ich, dass „Metro" U-Bahn bedeutete. So schlenderte ich herum und versuchte, die Zeit bis zum nächsten Anruf bei meiner Tante herumzubringen.

Als es so weit war, nannte sie mir den Namen eines Parks, in dem es viele Afghanen geben sollte, die mir weiterhelfen konnten. Ich bedankte mich überschwänglich.

Ich wusste zwar, dass es mit der Metro billiger gewesen wäre, aber ich fühlte mich plötzlich zu unsicher, um mich bis dorthin durchzufragen. Also nahm ich ein Taxi. Für ungefähr acht Euro war es auch durchaus erschwinglich. Wir fuhren lange durch die große Stadt und ich bewunderte die eindrucksvollen Gebäude und die breit angelegten Alleen.

Nach dem Ausstieg aus dem Taxi glaubte ich zuerst, falsch gelandet zu sein, denn ich sah nur einen großen Bahnhof und wieder viele Straßen, Häuser, Autos und Menschen, aber keinen Park!

Verzweifelt lief ich los, in irgendeine Richtung, und dachte: „Lieber Gott, hier muss es doch irgendwo einen Park geben!", als ich in einiger Entfernung endlich etwas Grünes durch die Häuser schimmern sah. Da war der Park! Ich lief hinein und traf auch wirklich viele Landsleute, die dort in kleinen Gruppen zusammensaßen und miteinander redeten.

Voller Erleichterung trat ich zu ihnen und sagte: „Hallo, ich bin Akbar, ich komme gerade mit dem Zug aus Italien. Ich bin alleine unterwegs, ohne Pass. Könnt ihr mir sagen, wo ich heute Nacht schlafen kann? Und gibt es irgendwo Toiletten und Duschen?"

Die Männer starrten mich an. Einer sagte höhnisch: „Na klar, Junge. Du bist einfach mal so mit dem Zug aus dem Süden hierhergefahren, und das alles ohne Pass und ohne Verhaftung. Den Bären kannst du anderen Leuten aufbinden! Das geht nämlich gar nicht! Zufällig kennen wir uns nämlich auch ein bisschen aus und wissen Bescheid, wie die Kontrollen laufen. Also, woher kommst du wirklich?"

Ich erwiderte beleidigt: „Bitte, ihr müsst mir ja nicht glauben, aber ich komme wirklich von da unten! Einmal bin ich umgestiegen. Und dann bin ich so fest eingeschlafen, dass sie mich offenbar einfach in Ruhe gelassen haben. Also, könnt ihr mir nun weiterhelfen?"

Die Männer schüttelten ungläubig die Köpfe. Einer sagte: „Da hast du aber verdammt viel Glück gehabt!", und alle nickten. Dann erklärten sie mir, wie hier alles geregelt sei. In der Nähe gebe es ein Camp, das Zidane, der berühmte Fußballer, für Leute wie uns gebaut habe. Dorthin führen von hier aus jeden Abend drei große Busse, die alle Bedürftigen einsammelten. Man brauche nur seinen Namen zu sagen und bekomme dann eine Nummer für ein Bett. Dort seien auch Duschen und Toiletten, und man bekomme etwas zu essen. Am Morgen müsse man das Camp allerdings ziemlich früh wieder verlassen. In der Kirche nebenan gebe es jeden Morgen um 10.00 Uhr ein kostenloses Frühstück und mittags eine warme Mahlzeit.

Ich bedankte mich und fand alles so vor, wie die Männer es mir beschrieben hatten.

Als ich mich in dieser Nacht in dem Camp zum Schlafen legte, erlebte ich zum ersten Mal seit längerer Zeit ein gewisses Gefühl der Sicherheit, das wohl daher rührte, dass ich meinem Ziel nun fast ohne Pannen immer näher kam. Ich streckte mich wohlig aus und dachte: „Danke, Tante, danke, Allah, danke, Samir, danke, Zidane!"

Dann schlief ich ein.

15

Mir fiel auf, dass Akbar nun schon von zwei Städten erzählt hatte, in denen es Einrichtungen gibt, wo man sich gleich bei der Ankunft um Flüchtlinge kümmert, ohne nach ihrem Aufenthaltsstatus zu fragen. Sie bekommen zu essen, ein Bett, Duschen, Toiletten – all die Dinge, die ein Mensch bei der Ankunft in der Fremde braucht.

Beschämt musste ich mir eingestehen, dass ich nicht wusste, wie damit in der deutschen Stadt, in der ich lebe, umgegangen wird. Wenn ich im Rathaus oder bei der Polizei nachfragen würde, hieße es wahrscheinlich: „Darum kümmert sich die Ausländerbehörde."

Ich hatte das unangenehme Gefühl, als ob ich irgendwie in der Pflicht sei, etwas zu tun, aber Akbar fuhr schon fort:

Gleich am zweiten Tag meiner Ankunft in dieser Metropole fand ich in der Nähe des Parks, in dem ich meine afghanischen Gefährten getroffen hatte, ein Internetcafé, von dem aus ich meine Tante anrufen konnte.

Obwohl es mir sehr peinlich war, platzte ich gleich mit der für mich wichtigsten Frage heraus: „Hast du noch etwas Geld übrig?"

Ich wusste zwar, dass ich schon mehr als genug von ihr bekommen hatte, aber ich war eben immer noch nicht in Skandinavien – und so kurz vor dem Ziel wollte ich einfach nicht aufgeben!

Meine Tante zögerte etwas, bevor sie antwortete: „Hör mal, kannst du nicht einfach da bleiben, wo du jetzt bist? Lass dir von den anderen doch nichts einreden! Es ist ja gar nicht gesagt, dass die im Norden dich mit offenen

Armen empfangen werden. Mal ganz abgesehen davon, dass es nicht leicht sein wird, noch mehr Geld für dich aufzutreiben. Guck dich doch erst mal in dieser Stadt um und streck deine Fühler aus. Und in zwei Wochen meldest du dich wieder. Überleg es dir. Alles Gute, mein Junge." Mit diesen Worten legte sie auf.

Ich war enttäuscht, aber natürlich konnte ich sie verstehen. Sie hatte in den letzten Wochen wahnsinnig viel für mich getan. Und sie hatte sich über alle Maßen verschuldet – und das alles nur, weil ich nach Skandinavien wollte. Ich seufzte und beschloss, mir die Sache noch einmal gründlich durch den Kopf gehen zu lassen.

Ich wandte mich an meine afghanischen Kameraden und fragte nach ihren Erfahrungen in Bezug auf Skandinavien. Die Antworten waren so unterschiedlich wie entmutigend: „Per Zug ist es vollkommen unmöglich; die Polizei ist überall. Die wartet übrigens nicht lange und schlägt schnell zu. Und dein Geld können sie auch gut gebrauchen." – „Du kannst doch hier deinen Asylantrag stellen, die Sprache lernen und versuchen, dich einzuleben. Das schlechteste Land ist Frankreich wirklich nicht."

Dann traf ich eines Tages einen Afghanen, etwas älter als ich, der dasselbe Ziel hatte wie ich. Ich nenne ihn mal Tamim. Ich fragte ihn: „Wollen wir zusammen fahren? In welche Stadt willst du?"

Er antwortete: „Ich fahr erst mal bis Hannover in Deutschland. Und dann weiß ich noch nicht, was ich mache. Wenn du willst, können wir bis dahin zusammen fahren."

Wieder rief ich meine Tante an. Ich fragte mit schlechtem Gewissen, ob sie nicht doch noch 500 Euro auftreiben könne, denn ich hätte jemanden gefunden, mit dem ich bis in die Nähe der skandinavischen Grenze fahren könne.

Sie lachte und sagte: „Übermorgen schicke ich dir 100 Euro. Aber das muss erst mal eine Zeit lang reichen. Melde dich, wenn du angekommen bist."

Ich setzte zu einer Dankesrede an, aber da hatte sie schon aufgelegt.

Und so nahm ich eines Abends mal wieder Abschied von einem Ort, an dem es mir verhältnismäßig gut gegangen war und wo ich einigermaßen menschlich hatte leben können. Trotzdem wollte ich weiter.

Tamim half mir beim Kauf der Fahrkarte und zusammen bestiegen wir den Zug Richtung Nordosten.

Wir hatten uns nicht abgesprochen, wie wir uns bei Passkontrollen verhalten wollten. Wir wussten, dass Verstecke auf Toiletten schnell entdeckt wurden. (Es sei denn, man hatte so unverschämtes Glück wie ich auf meiner letzten Zugfahrt.) Wir dösten vor uns hin und erwarteten den ersten Schicksalsschlag. Zuerst kam nach ungefähr drei Stunden ein Schaffner, den wir nicht zu fürchten brauchten, da wir ja eine Fahrkarte hatten. Aber kurz danach kam die Polizei und verlangte unsere Pässe.

Tamim sagte: „No Pass", und ich echote: „No Pass."

Nie hätte ich erwartet, was dann geschah! Der Polizist wiederholte: „No Pass?", und sah uns an. Ich zog meinen Kopf ein und erwartete das Schlimmste. Da lachte er und sagte: „No Pass! Okay, no Pass ..." – und ging einfach weiter! Tamim und ich sahen uns an, sprachlos vor Glück und Unglauben. Kurz danach schlief ich ein.

Ich erwachte davon, dass Tamim mich am Arm rüttelte. „Aufwachen, Akbar!", sagte er. „Aufwachen! Wir sind da. Ich bleib hier, aber du brauchst eine neue Fahrkarte. Du musst aussteigen. Die Schalter sind unten in der Halle. Sag einfach: Kopenhagen. Vielleicht hast du ja wieder so viel Glück wie wir vorhin. Ich verschwinde auf jeden Fall. Alles Gute." Und dann war er auch schon weg.

Ich dachte: „Erst mal hab ich Hunger und muss auch was trinken."

Es war inzwischen Mittag geworden. Wir waren die ganze Nacht und einen halben Tag im Zug unterwegs gewesen. Ich fand einen Kiosk, kaufte ein Brötchen und eine Cola und ging dann zu dem Schalter für die Fahrkarten. Ich bezahlte 70 Euro, was ein großes Loch in meine Kasse riss! Ich dachte: „Eigentlich ist es Verschwendung, für so ein weit entferntes Ziel so viel Geld auszugeben. Denn irgendwie glaube ich nicht, dass ich da jemals ankommen werde. Man kann ja nicht ewig Glück haben. Aber versuchen muss man es natürlich. Ich stell mich lieber schon mal darauf ein, dass ich bald erwischt werde. – Wenn sie mich bloß nicht schlagen!"

Mit diesen trüben Gedanken stieg ich in den Zug Richtung Grenze. Einmal musste ich umsteigen. Als ich auf dem Bahnsteig wartete, sah ich einen anderen Jungen in meinem Alter, der wie ich ausländisch aussah und alleine zu sein schien. Ich sprach ihn in meiner Sprache an und fragte, ob er auch auf dem Weg nach Skandinavien sei.

Er wich ein bisschen vor mir zurück und antwortete mit einer Gegenfrage in meiner Sprache: „Hast du einen Pass?"

Ich verneinte.

Er sagte: „Okay, wir sind beide in derselben beschissenen Situation. Unsere Chancen sehen mau aus. Ich versuch es trotzdem. Ich hab aber keine Lust, mit dir zusammen geschnappt zu werden. Lass mich lieber allein. Hier kommt unser Zug schon."

Wir stiegen beide ein und ich setzte mich weit weg von ihm. Ich dachte: „Der ist schon komisch! Wenn wir geschnappt werden, ist es doch egal, ob wir zusammen fahren oder alleine sind."

Ich schaute hinaus auf die eintönige Landschaft aus Wiesen, Feldern und ab und zu kleinen Ortschaften und wurde bald müde vom eintönigen Geratter der Räder. Ich bedeckte nach alter Gewohnheit mein Gesicht mit meinem Schal und schlief ein.

Ich erwachte davon, dass mich jemand wachrüttelte. Ich schaute hoch. Vor mir standen zwei Polizisten, die mich streng ansahen. Sie fragten: „Pass?"

Ich schüttelte den Kopf und duckte mich. Ich erwartete Schläge. Sie fragten etwas, das ich nicht verstand. Ich zuckte mit den Schultern. Sie deuteten auf mich und hielten ihre Finger in die Höhe. Vielleicht wollten sie wissen, wie alt ich sei? Ich zeigte „16" mit meinen Fingern und dann auf mich.

Sie nickten und setzten sich mir gegenüber. Sie schlugen mich noch immer nicht, sondern unterhielten sich bloß in einer mir unbekannten Sprache. Als der Zug hielt, bedeuteten sie mir, mit ihnen auszusteigen.

Ich sah keine Chance, ihnen zu entkommen, und gehorchte. Mein Wunsch, Skandinavien zu erreichen, zerplatzte wie eine Seifenblase. Meine Befürchtungen hatten sich erfüllt: Ich saß in der Falle!

16

Nachdem die Polizei mich kurz vor Puttgarden aus dem Zug geholt hatte, wurde ich im Dezember 2009 von ihr nach Lensahn in ein Jugendheim gebracht. Hier sollte ich erst einmal bleiben.

In den ersten Tagen wollte ich einfach nur schlafen, weil ich von der Aufregung der vergangenen fünf Monate meiner Flucht völlig fertig war. Außerdem aß ich unheimlich viel, auch dies sicher eine Reaktion auf die vergangenen Strapazen.

In dem Jugendheim bekam ich ein Zimmer mit einem Bett nur für mich alleine zugewiesen. Das alles war für mich ganz ungewöhnlich, aber ich fand es sehr bequem und toll. Dort lernte ich viele Flüchtlinge aus den unterschiedlichsten Ländern kennen, die alle sehr freundlich zu mir waren.

Die Hoffnung, Skandinavien zu erreichen, gab ich dennoch nicht auf. Ich wollte immer noch fort. Die Betreuer waren sehr nett zu mir und redeten mir zu, zu bleiben. Deshalb entschied ich mich, meinen Asylantrag doch hier zu stellen.

Ich dachte: „Du wolltest doch immer dahin, wo Frieden herrscht und wo die Menschen dich als Menschen akzeptieren. Und hier sind die Leute so, wie du es dir wünschst. In Skandinavien wartet ja auch nicht deine Tante und nimmt dich mit offenen Armen auf."

In Lensahn erlebte ich das erste Weihnachtsfest meines Lebens. Es war alles sehr schön. Das Wohnzimmer wurde geschmückt und es wurde für Musik gesorgt. Das Essen war sehr lecker. Am besten fand ich allerdings, dass jeder

Geschenke bekam. Leider konnten wir Migranten mit den Deutschen nicht reden. Wir haben sie nur freundlich angelächelt und waren froh, unter ihnen sein zu dürfen.

Neben unserem Haus gab es einen Fußballplatz. Ich ging zu jedem Training und übte fleißig, weil ich, seit ich ein kleines Kind war, Fußballprofi werden wollte. Ich war mir sicher, dass ich es mit viel Ausdauer und Fleiß auch schaffen würde.

Eines Tages ging ich mit den anderen Jungen in die Stadt. Der Weg führte durch einen Wald, den ich besonders gern mochte. Alles faszinierte mich. Ich wunderte mich vor allem, dass alles so grün war und es überall so viel Wasser gab. Ich fragte mich, woran es wohl lag, dass hier alles so anders war als in meiner Heimat.

Nach ein paar Wochen bekam ich Kleidung und sogar Taschengeld. Ich kaufte mir eine Telefonkarte und konnte nun ab und zu zu Hause anrufen. Alle zwei bis drei Wochen kam der Dolmetscher zu uns und erklärte uns vieles, da wir oft nicht wussten, was die Betreuer von uns wollten.

Eines Tages sagte der Chef des Jugendheims zu mir, dass ich mich am nächsten Morgen hübsch machen solle, denn er wolle für ein Ausweisfoto mit mir zum Fotografen gehen. Ich nahm ihn nicht ernst, aber am nächsten Tag ließen wir tatsächlich ein Foto machen.

Nachts, wenn ich nicht schlafen konnte, dachte ich an meine fernen Freunde in Griechenland in der Nähe des Hafens. Ich fragte mich, wie es ihnen wohl gehen mochte und ob sie es wohl auch hinüber nach Italien geschafft hatten. Aber noch öfter dachte ich an meine Tante, denn nun hatte sie mir erzählt, dass mein Onkel bei einem

Autounfall ums Leben gekommen war. Ich wäre wirklich gerne bei ihr gewesen, um ihr Halt und Schutz zu geben, so wie sie immer für mich da gewesen war, mir Mut zugesprochen und mich unterstützt hatte. Ich wusste aber auch, dass sie nicht so leicht aufgeben würde, denn sie hatte in ihrem Leben schon andere Schwierigkeiten gemeistert. Sie ist eine starke Persönlichkeit. Außerdem hat sie ja ihre Kinder um sich, die jederzeit für sie da sind.

Nach drei Wochen rief mich der Chef des Jugendheims zu sich und zeigte mir einen Ausweis. Ich erkannte mein Foto darauf und auch meinen gedruckten Namen.

Er fragte: „Weißt du, was das ist?"

Ich sagte: „Nein."

Er lächelte mich an und sagte: „Das musst du auch nicht unbedingt wissen. Verlier ihn nicht, er gehört dir."

Ich konnte nicht alles entziffern, was auf dem Ausweis stand, aber meinen Namen konnte ich lesen. Ich rief sofort meine Tante an und erzählte ihr stolz, dass ich mich nun ausweisen könne. Sie freute sich sehr für mich. Viele Tage lang hoffte ich, dass die Polizei mich mal nach meinem Ausweis fragen würde, aber sie tat es leider nicht.

Inzwischen waren fast vier Monate vergangen. Ich trainierte fleißig, um meinem Traum, Fußballprofi zu werden, näher zu kommen.

Anfang April 2010 kam der Dolmetscher mal wieder zu uns, weil der Chef uns etwas Wichtiges mitzuteilen hatte. Er sagte, dass wir ab der nächsten Woche zur Schule gehen müssten, um die deutsche Sprache zu erlernen. Ich merkte, dass es ihm wirklich ernst damit war.

Einerseits war ich froh, dass ich nun Deutsch lernen durfte, aber andererseits hatte ich Angst davor, denn die deutsche Schule war mit Sicherheit anders als die Koranschule, die ich kannte. Aber es beruhigte mich, dass ich mit den anderen zusammen dort hingehen würde.

Wir lernten noch schnell, wie man sich vorstellt und die Zahlen von eins bis zehn, dann ging es los. Zur „Einschulung" begleitete uns ein Herr aus dem Jugendheim, der uns zeigte, wie wir mit Zug und Bus zu der Schule kamen, die ziemlich weit weg in Lübeck war. Wir kamen ein wenig verspätet dort an. Der Herr klopfte an die Tür. Wir traten ein und wurden dem Lehrer vorgestellt. Unser Begleiter ging danach hinaus. Der Lehrer bat uns, Platz zu nehmen. Die Schüler in der Klasse sahen sehr unterschiedlich aus, aber alle schienen viel älter als wir zu sein. Wir sollten uns nun vor der Klasse vorstellen. Meine Kameraden taten es und ich mit ganz viel Mühe auch.

Wir hatten keine Schulsachen dabei. Deshalb gab uns der Lehrer Stifte und jedem ein Blatt zum Mitschreiben. Er redete mit uns und wir lächelten zurück, ohne etwas zu verstehen. Schließlich gab er auf und setzte seinen Unterricht fort.

Nach einer Weile sprach mich meine Sitznachbarin an, aber ich wusste nicht, was sie von mir wollte. Sie nahm meinen Stift und zeigte an die Tafel und auf mein Blatt. Ich dachte, sie will bestimmt, dass ich die Wörter von der Tafel abschreibe. Also tat ich so, als ob ich sie abschreiben würde, damit sie mich in Ruhe ließ. Denn ich konnte ja gar nicht lesen, was der Lehrer geschrieben hatte.

Dieser Tag war der längste Tag meines Lebens! Nach einiger Zeit wollte ich nur noch rausrennen. Ich schaute zu meinen Kameraden, die ganz friedlich auf ihren Stühlen saßen, und dachte: „Wie schaffen sie es bloß, so still sitzen zu bleiben?" Noch etwas später sagte ich mir: „Akbar, halte durch, so schlimm wie in dem Kühlwagen ist es hier nicht – und dort hast du auch 36 Stunden durchgehalten."

Als der Kurs schließlich zu Ende war, freute ich mich wie ein kleines Kind, das nach langer Zeit zu seiner Mutter nach Hause kommt. Wir fuhren mit Bus und Zug wieder zurück. Keiner sprach ein Wort. Im Jugendheim fragte uns der Chef gleich ganz gespannt, wie es in der Schule gewesen war. Wir waren alle verzweifelt, weil es schlimm gewesen war, aber wir sagten, es sei okay gewesen.

Bevor ich an dem Abend ins Bett ging, holte ich mir ein kleines Wörterbuch, Stifte und ein Heft. Ich schrieb die Übersetzung von vielen Wörtern auf, damit ich am nächsten Morgen die Fragen des Lehrers beantworten könnte. Aber als ich dann wieder in der Schule saß, halfen mir die aufgeschriebenen Wörter überhaupt nicht, denn ich verstand ja gar nichts.

So ging das Ganze zwei Wochen lang. Danach konnte ich zumindest sehr mühsam einige Wörter von der Tafel abschreiben. Wir hatten außer mittwochs von montags bis freitags Unterricht, jeweils sechs Stunden lang.

In der dritten Woche kam eine ältere Dame in unseren Kurs, die sich neben uns Afghanen setzte. Ich schaute sie an und dachte: „Wenn ich hier schon nichts verstehe, wird sie wohl erst recht nichts verstehen." Außerdem fragte ich mich, warum sie in ihrem Alter noch die deutsche Sprache erlernen wollte und aus welchem Land sie sei. Eine Afghanin war sie wohl nicht, weil sie kein Kopftuch trug. Ich fand es sehr mutig, dass sie zumindest versuchen wollte, noch Deutsch zu lernen.

In der Pause rief der Lehrer uns zu sich, weil er mit uns reden wollte. Die ältere Dame war auch dabei. Ich war erstaunt, dass sie sich offenbar mit dem Lehrer unterhalten konnte. Nach ein paar Sätzen sprachen der Lehrer und die Dame uns an, aber keiner verstand sie. Da zeigte die Dame zuerst auf sich, dann auf uns und machte schließlich eine Bewegung, dass wir ihr folgen sollten.

Ich dachte etwas ärgerlich: „Was will sie denn von uns? Wir kommen schon mit unseren eigenen Problemen nicht klar und sollen ihr nun auch noch helfen?"

Wir gingen alle in einen anderen Raum. Dort versuchte sie, einem von uns, der ein bisschen Englisch konnte, klarzumachen, dass sie uns nun jeden Morgen für zwei Stunden alleine unterrichten wolle, bis zur Pause. Dann sollten wir wieder in die Klasse gehen. Sie wolle das so lange machen, bis wir Anschluss an das Lehrbuch finden würden.

Die Dame sprach sehr langsam zu uns. Sie war unheimlich nett und las uns alles ganz deutlich vor. Sie schrieb auch alles in Druckschrift auf, damit wir es besser lesen konnten. Von diesem Tag an trafen wir uns jeden Morgen für zwei Stunden im gleichen Raum. Allmählich mochte ich ihre Art zu unterrichten viel lieber als die der anderen Lehrer. Nach einer Woche konnte ich sogar schon ein paar Sachen verstehen. Am liebsten wollte ich die sechs Stunden in der Schule nur noch mit ihr lernen, anstatt in dem Kurs zu sitzen, wo ich nichts kapierte. Außerdem war ihr Unterricht viel lustiger.

Nach ein paar Wochen konnte ich mich schon mit den anderen Schülern aus der Klasse unterhalten. Alle waren erstaunt, was die ältere Dame, ihr Name war

Frau Kässbohrer, mit uns gemacht hatte. Sie sagten zu dem Lehrer, dass sie auch zu Frau K. gehen wollten. Das gab Ärger. Deshalb sagte Frau K. nach ein paar Tagen zu uns, sie könne uns nicht mehr unterrichten.

Das konnte und wollte ich aber nicht verstehen. Hatten wir sie verärgert? Oder waren wir zu dumm für sie? Ich war sehr traurig, aber dann sagte sie plötzlich, dass wir uns mittwochs treffen könnten, weil wir in der Schule dann ja keinen Kurs hätten. Wir sagten sofort: „Ja!"

Und so trafen wir uns nun immer mittwochs und später auch samstags. Das war zwar weniger als vorher, aber Frau K. wollte uns nicht unserem Schicksal überlassen. Sie brachte auch Spiele mit, die wir in den Pausen und auch zwischendurch spielten, und wir mussten immer deutsch sprechen.

Anfang Juli 2010 fragte mich der Chef aus dem Jugendheim, ob wir zu dritt in eine WG ziehen wollten. Er meinte, wir könnten in Eutin wohnen, wo wir von einer Dame und einem Herrn betreut würden. Und das Beste daran sei, dass wir uns dort im Fußballverein anmelden könnten. Ich war sofort einverstanden, da ich hoffte, so meinen Traum, Fußballprofi zu werden, verwirklichen zu können. Außerdem war das Essen in dem Jugendheim nicht immer lecker gewesen.

Also zog ich mit zwei anderen Afghanen in eine WG in Eutin. Der Abschied von den anderen Jungen aus dem Jugendheim fiel mir schwer, denn wir hatten uns inzwischen angefreundet. Aber wir konnten uns ja jederzeit besuchen.

In unserer neuen Wohnung erwarteten uns eine Dame und ein Herr, die sehr nett waren. Die Unterhaltung mit ihnen war aber sehr mühsam. Am Nachmittag fragte ich die beiden, ob ich hinausgehen dürfe. Sie antworteten, dass ich nicht zu fragen brauche, sondern immer gehen dürfe, wohin ich wolle. Also ging ich hinaus, um die Stadt ein bisschen kennenzulernen und mir schon mal den Fußballplatz anzusehen.

Als ich draußen war, bekam ich auf einmal furchtbares Heimweh. Alles war fremd in Eutin: die Stadt, die Menschen, sogar die Luft. Ich musste plötzlich an meine Tante denken und wünschte, sie wäre hier. Ich fing wie verrückt an zu weinen. Ich dachte darüber nach, ob es das alles wert gewesen war, der ganze Kampf, dafür, dass ich nun hier alleine war. Ich gehörte doch gar nicht hierher. Warum konnte ich nicht zu Hause bei meiner Tante und meinem Cousin sein, oder gar bei meinen Eltern, und mit ihnen lachen und weinen?

Dieser Ausbruch tat mir gut. Ich kam am Abend wieder nach Hause und fuhr am nächsten Morgen wie gewohnt mit den anderen zur Schule.

Unser Betreuer in Eutin hieß Kevin. Er sprach immer sehr langsam mit uns, damit wir ihn verstehen konnten. Wir mochten ihn sofort und haben uns schnell mit ihm angefreundet. Zu der Betreuerin sagten wir „Mama".

Ich spielte sehr eifrig im Fußballverein. Wenn ich mit meinem Cousin telefonierte, motivierte er mich und meinte, ich würde es bestimmt schaffen, Profi zu werden. Ich war bei jedem Training und gab mein Bestes. Ich verbesserte auch täglich meine Sprachkenntnisse und lernte viel dazu, vor allem lernte ich Neues über Deutschland.

Vor den Sommerferien musste ich zur Anhörung, wo ich vor dem Gericht alles erläutern sollte, z. B. warum ich nun hier war und warum ich hatte fliehen müssen. Das war das erste Mal, dass ich über meine Flucht öffentlich redete. Es fiel mir schwer, aber nach ein paar Stunden hatte ich es hinter mir. An dem Abend konnte ich kaum schlafen, weil mir im Bett noch mal alles durch den Kopf ging, was ich durchgemacht hatte.

In den Sommerferien hatte ich keine Schule, dafür lernte ich aber mit Frau K. umso mehr.

Im September fragte ich nach einem Training meinen Trainer, ob ich das Talent hätte, Fußballprofi zu werden. Er schaute mich an und fragte, ob er ehrlich zu mir sein solle.

Ich sagte: „Ja, bitte."

Da sagte er: „Man merkt, dass du sehr gerne Fußball spielst, und du kannst gut mit dem Ball umgehen. Aber zum Profi reicht es leider nicht."

Ich war wie vor den Kopf geschlagen und hasste den Fußball auf einmal. Andererseits war ich dankbar, dass er ehrlich zu mir gewesen war. Damit war der Traum, Fußballer zu werden, nur noch Geschichte. Ab sofort konzentrierte ich mich auf das Erlernen der deutschen Sprache und Fußball war nur noch ein Hobby.

Im November 2010 bekam ich einen Brief von der Ausländerbehörde. Der Dolmetscher erklärte mir, was dort stand: Ich hatte das Recht auf einen zunächst einjährigen Aufenthalt bekommen.

Ich freute mich riesig darüber und hatte einen Grund mehr, die Sprache schnell und gut zu lernen. Ich durfte mich nun außerdem in ganz Deutschland frei bewegen.

Im Dezember ging der Sprachkurs dann seinem Ende entgegen und wir meldeten uns für die B1-Prüfung an.

Leider bestand ich sie nicht und fand es sehr schade, dass all die harte Arbeit bei Frau K. nicht zum Erfolg geführt hatte. Aber wir gaben nicht auf und lernten weiter zusammen. Sie bereitete mich auf das nächste Mal vor – und dann bestand ich auch.

Kevin, mein Betreuer, sagte zu mir, dass ich mit 18 aus der WG ausziehen müsse. Wir gingen zusammen auf Wohnungssuche. Ich wollte gerne nach Lübeck ziehen, um noch öfter mit Frau K. Deutsch üben zu können. Es war aber alles sehr schwierig. Endlich fanden wir eine Ein-Zimmer-Wohnung in Bad Schwartau. Dorthin zog ich also und begann auch allmählich etwas von dem Geld zu sparen, das ich von der Stadt bekam, weil ich meine Tante besuchen wollte.

Ich meldete mich für ein Ausbildungsvorbereitendes Jahr (AVJ) an der Kreisberufsschule in Bad Schwartau an, um eventuell meinen Hauptschulabschluss zu machen. Da ich nicht mehr schulpflichtig war und das AVJ bereits zu voll, kam ich auf die Warteliste. Im Jahr 2011 klappte es leider nicht mehr, aber 2012 bekam ich einen Platz. Ich bemühte mich stattdessen um mehrere Praktika, um in verschiedene Berufe hineinzuschnuppern. Daneben übte ich fleißig weiter mit Frau K. und besuchte parallel noch einen dreimonatigen Sprachkurs. Dort war ich einer der Besten, worüber ich mich wahnsinnig freute. Bis zum Sommer 2012 machte ich dann Praktika in den Bereichen Gastronomie, Landwirtschaft und Einzelhandel, aber mein Traumberuf schien nicht dabei zu sein. Trotzdem fand ich, dass alles sehr interessant gewesen war.

Am 5. August war es dann so weit: Die Schule sollte anfangen. In der Nacht davor konnte ich kaum schlafen, denn es war ja eine ganz normale Schule, wo es nicht nur Deutsch, sondern auch andere Fächer wie Mathematik, Politik und Englisch gab, und von all dem hatte ich ja gar keine Ahnung. Das einzige Fach, in dem ich wahrscheinlich gut sein würde, war Sport.

An dem Abend überlegte ich wirklich, ob ich überhaupt am nächsten Morgen hingehen sollte. Aber was konnte ich ohne Schulabschluss schon machen? Gar nichts. Also nahm ich mir vor, wenigstens mal hinzugehen und zu schauen, wie es dort so lief.

Es beruhigte mich ein bisschen, wenn ich an Frau K. dachte, denn sie würde mich weiter begleiten, egal, wie schwer es werden würde. Außerdem würde ich neue Leute kennenlernen und mein Wissen erweitern, ob ich nun einen Abschluss bekam oder nicht.

Ich ging also am nächsten Tag in die Schule. Die meisten Schüler hielten sich in der Pausenhalle auf. Ich kannte niemanden und dachte: „Wenn so viele in der Halle sind, kann es nicht so falsch sein, hier zu warten."

Um 8.00 Uhr kamen die Lehrer. Sie riefen die einzelnen Klassen auf. Wir folgten unserer Lehrerin in unser zukünftiges Klassenzimmer. Nun sollten sich alle vorstellen und sagen, aus welcher Schule sie kämen.

Ich dachte: „Was soll ich da sagen?"

Alle stellten sich also vor, aber sie sprachen so schnell, dass ich sie nicht richtig verstehen konnte. Ich sagte nur kurz: „Ich habe an der Volkshochschule Deutsch gelernt."

Die ersten Tage vergingen im Nu und es war nicht ganz so schlimm, wie ich es mir vorgestellt hatte. In der zweiten Woche sah aber alles ganz anders aus. Ich verstand fast gar nichts und es machte mich wahnsinnig, in der Klasse zu sitzen, aber nicht zu wissen, wovon die Lehrer und Schüler sprachen.

Ich war verzweifelt und ging zu Frau K. Ich sagte zu ihr, dass ich nicht mehr in die Schule gehen wolle, denn ich würde es doch nicht packen, es sei reine Zeitverschwendung.

Sie schaute mich an und sagte: „Du bist nicht allein, Akbar. Du hast mich und ich werde mein Bestes geben, um dir zu helfen. Außerdem wird deine Tante nicht wollen, dass du so schnell aufgibst. So kennt sie dich nämlich gar nicht. Akbar, du kannst sooft zu mir kommen, wie es nötig ist, und wir kriegen das beide hin, ganz bestimmt."

So baute mich Frau K. wieder auf und ich beschloss, die Schule doch durchzuziehen, obwohl mir klar war, dass ich in allen Fächern richtig viel lernen musste. Vier Tage in der Woche ging ich abends zu Frau K. zum Nachhilfeunterricht. Sie brachte mir die Grundrechenarten bei und half mir auch in den anderen Fächern, so gut sie konnte.

Ich freundete mich mit ein paar Jungen aus meiner Klasse an und mit der Zeit wurden wir richtig gute Freunde. Alle Lehrer waren supernett und hilfsbereit. Ich bat sie um Tipps und Tricks zum Lernen. So kam ich mit viel Arbeit und der Hilfe von Frau K. und den Lehrern allmählich einigermaßen im Unterricht mit.

Immer wieder wurde ich gefragt, warum ich alleine nach Deutschland gekommen sei und wo meine Familie sei. Keiner konnte richtig nachvollziehen, warum ich nun hier war, und ich konnte noch nicht gut genug Deutsch, um alles zu erklären.

Im Januar 2013 bekam ich das Halbjahreszeugnis und war wahnsinnig stolz. Ich konnte fast nicht glauben, dass ich inzwischen ganz gut in der Schule war. Ich zeigte Frau K. mein Zeugnis und lud sie zum Dank in den Ratskeller in Lübeck ein. Ich hatte dort ein Praktikum gemacht und durfte zur Belohnung ein Essen für zwei Personen umsonst bestellen.

Es war das erste Mal, dass Frau K. und ich uns nicht als Lehrerin und Schüler, sondern als Freunde gegenübersaßen. Im Restaurant wirkte sie auf mich wie eine Mutter, die stolz auf ihren Sohn ist. Und dann fragte ich sie: „Glauben Sie, dass eine Mutter ihr Kind vergessen kann?"

Sie schaute mich mit großen Augen an und erwiderte, dass keine Mutter ihr Kind jemals vergessen würde.

Dann zeigte sie mir, wie man sich in Deutschland im Restaurant richtig verhält. Sie half mir auch bei der Auswahl der Speisen, die mir dann aber doch nicht schmeckten, ihr aber schon.

Seit diesem Abend sah ich sie nicht mehr nur als meine Lehrerin an, sondern als eine gute Freundin, und sie wurde nach und nach sogar ein Vorbild für mich. Ich mag ihre Art und ihre Einstellung zum Leben. Sie weiß unheimlich viel über die Welt, die Menschen und Kulturen. Sie reist viel um die Welt und zwar allein. Das finde ich wahnsinnig mutig.

Durch die Organisation CJD fand ich in Bad Schwartau einen pensionierten Mathematiklehrer, der mich von Frau K. übernahm. Darüber war sie sehr erleichtert, denn sie war auch nicht so gut in Mathe gewesen. Außerdem hatte sie noch viele andere Schüler, denen sie Deutschunterricht gab und die auf ihre Hilfe angewiesen waren.

Eines Tages fragte ich sie, wie ich meine Aussprache verbessern und auch meine Vokabelkenntnisse erweitern könne, denn sie lernte ständig neue Sprachen, wenn sie wieder mal in irgendein fremdes Land reisen wollte. Sie meinte, ich solle Bücher aus der Bücherei holen, sie mir zu Hause laut vorlesen und die Wörter, die ich nicht verstand, herausschreiben.

Jedes Mal, wenn ich danach bei ihr war, fragte sie mich, ob ich mir Bücher geholt hätte, und ich sagte: „Noch nicht, aber ich mache es bald."

Eines Tages nach dem Lernen schenkte sie mir dann ein Buch. Es hieß: „Gute Mädchen kommen in den Himmel, böse überall hin." Sie hatte es aus der Bücherei mitgenommen, wo am Eingang Bücher zum Verschenken lagen. Es war nicht gerade ein Buch für Jungen, aber ich fing an, es zu lesen.

Ich fand es auch gar nicht so schlecht, obwohl es ziemlich lange dauerte, bis ich es durchhatte. Dann sah ich hinten auf dem Umschlag, dass alles nur Fantasie gewesen war – und ich hatte gedacht, es sei wirklich passiert. Ich habe aber viele neue Vokabeln dadurch gelernt.

Dann überlegte ich, dass meine eigene Geschichte doch auch eine ganz gute Vorlage für ein Buch sein konnte. Außerdem hatte ich meinem Cousin versprochen, alles, was ich auf der Flucht erlebt hatte, für ihn aufzuschreiben. Ich dachte auch an all die Leute, die mich gefragt hatten, warum ich hier sei, und die mich bestimmt viel besser verstehen würden, wenn sie meine Geschichte lesen könnten.

Ich beschloss, Frau K. zu fragen, ob sie meine Geschichte aufschreiben würde, denn sie war die einzige Person, bei der ich einfach ich selbst sein konnte und bei der ich mir vorstellen konnte, alles zu erzählen. Ich rechnete zwar nicht damit, dass sie „Ja“ sagen würde, aber mehr als ein „Nein“ konnte es ja nicht werden. Und dann fragte ich sie einfach. Sie war erstaunt, dass ich so großes Vertrauen in sie hatte, und meinte auch, dass sie doch gar kein Buch schreiben könne. Sie zögerte. Aber dann sagte sie, dass sie es machen würde. Ich habe sie vor Freude in den Arm genommen.

Die Schule lief dank meines neuen Mathematiklehrers und durch Frau K. ganz gut. Nun musste ich mich allmählich um einen Ausbildungsplatz bewerben, wusste aber nicht, welcher der richtige für mich war. Alle meine Freunde, der Nachhilfelehrer und die Lehrer aus der Schule waren allerdings der Meinung, ich solle mich für die Aufnahme an der Realschule bewerben. Ich glaubte nicht daran, dass es klappen konnte, sie ließen aber nicht locker. Damit sie endlich Ruhe gaben, bewarb ich mich dann an der Realschule – und wurde angenommen. Ich dachte, ich sei im falschen Film, als ich es erfuhr! Ich freute mich darüber, denn, um ehrlich zu sein, machte mir die Schule inzwischen Spaß. Ich lernte gerne neue Sachen und neue Leute kennen und fand es interessant, wie unterschiedlich die Menschen so sind.

Für mein Buch hatten Frau K. und ich drei Sitzungen. Es dauerte lange, bis ich ihr alles erzählt hatte, was ich seit meiner Flucht aus Afghanistan erlebt hatte. Es tat mir gut, mir alles von der Seele zu reden, obwohl ich zwischendurch weinen musste. Frau K. hörte genau zu, schrieb alles auf und tröstete mich, wenn es zu schlimm wurde.

Wir hatten ausgemacht, dass ich jedes fertige Kapitel zum Lesen bekommen würde, damit ich es durchsehen und ergänzen konnte, falls etwas falsch war oder fehlte. Ich markierte die Stellen, die ungenau waren, und sie änderte sie dann.

Bald näherte sich die Abschlussfeier dieses Schuljahrs und ich wurde immer nervöser. Ich konnte mir nicht vorstellen, dass ich, Akbar Husseini, der sich vor drei Jahren noch nicht mal ausweisen konnte, einen Schulabschluss bekommen sollte – und zwar in Deutschland.

Ich wünschte mir so sehr, dass meine Tante bei der Abschlussfeier dabei sein und ich in ihren Augen sehen könnte, wie stolz sie auf mich war. Als es dann so weit war, tat ich äußerlich so, als ob ich das alles ganz normal fände, aber innerlich fühlte ich mich wie ein König. Bei der Zeugnisausgabe sagte der Lehrer: „Akbar Husseini hat seinen Abschluss geschafft." Meine Augen füllten sich mit Tränen. Diesen Satz vergesse ich nie.

Als ich nach Hause kam, rief ich meine Tante an und erzählte ihr, dass ich die 9. Klasse in Deutschland jetzt abgeschlossen hätte. Sie sagte mit ganz viel Freude: „Weiter so, Akbar, wir sind stolz auf dich."

Ich zeigte Frau K. mein Zeugnis. Sie sah mich mit ganz viel Stolz an und sagte: „Siehst du, Akbar, du hast es geschafft. Ich habe dir doch gesagt, wir kriegen das hin. Ich bin stolz auf dich und du sollst auch stolz auf dich selbst sein, denn deine harte Arbeit wurde durch deinen Abschluss belohnt. Und den Realschulabschluss kriegen wir auch hin."

Mein Mathelehrer sagte auch, dass er mich weiter unterstützen würde, denn es mache ihm Spaß, mit mir zu üben.

Durch Arslan, der in meiner Klasse war und ein guter Freund wurde, lernte ich im Sommer 2013 ein Mädchen namens Kim kennen. Sie ging auch auf unsere Schule und machte dort ihr Abi. Sie war total nett und ich mochte sie gern. Ich unternahm in den Ferien fast jeden Tag etwas mit ihr. Man konnte sich mit ihr über vieles unterhalten. So geschah es, dass wir uns allmählich näherkamen, was am Anfang nicht geplant gewesen war.

In der Zwischenzeit schrieb Frau K. fleißig weiter an dem Buch, und ich übte Mathe und ein bisschen Deutsch und Englisch.

Die Schule fing wieder an und ich war froh, dass ein paar Leute aus meiner alten Klasse wieder dabei waren. Außerdem kannte ich ein paar Lehrer und Kim war auch auf meiner Schule. Die Schüler aus meiner neuen Klasse kamen aus verschiedenen Stufen und wir mussten einen Einstellungstest schreiben. Das traf mich echt heftig. Ich fühlte mich, als hätte man mich in kaltes Wasser geschubst. Plötzlich fand ich alles nur noch blöd.

Fast alle meiner Mitschüler kamen von der Haupt- oder Realschule und hatten mir Jahre voraus. Vor allem sprachen sie fließend Deutsch. Es war mal wieder so frustrierend, in der Klasse zu sitzen und das Gefühl zu haben, dass die Lehrer alles auf Chinesisch erklärten.

Nach zwei Wochen wurde es dann zu viel für mich und ich war bereit, alles zu tun, außer zur Schule zu gehen. Ich erzählte Kim, meinen Freunden und meinem Mathelehrer, dass ich die Schule abbrechen wolle. Keiner konnte oder wollte verstehen, wie schwer es mir fiel, dem Unterricht zu folgen. Sie sagten nur, ich sei bescheuert, schon nach zwei Wochen die Schule aufgeben zu wollen.

Ich dachte: „Egal, wie viel Arbeit ich noch in die Schule stecke und wie viel Hilfe ich bekomme – es wird einfach nicht klappen. Träume darf man haben, aber sie müssen wenigstens ein bisschen realistisch sein."

Ich blieb zwei Tage lang zu Hause. In dieser Zeit fluchte ich wie verrückt, denn ich wusste nicht, wie es weitergehen sollte. Ich sagte zu mir, dass ich doch wisse, dass aller Anfang schwer sei, dass man es aber trotzdem versuchen und das Beste daraus machen müsse. So sahen es auch Kim und meine Freunde. Ich sagte mir auch immer wieder, dass es doch eine Ehre sei, mit den anderen in eine Klasse gehen und dort wieder Freunde finden zu dürfen. Außerdem waren die Lehrer doch so verständnisvoll und nett und unterstützten mich, so gut sie konnten.

Aber ich brauchte noch eine letzte Meinung dazu, die von Frau K. Sie war mir besonders wichtig, weil keiner mich so gut kannte wie sie, wenn es um die Schule ging. Ich erzählte ihr von meinen Sorgen.

Sie sagte: „Akbar, ich kann mir vorstellen, wie schwer die Schule für dich ist, und ich sage auch nicht, dass du es um jeden Preis versuchen sollst. Aber ich glaube an dich und bin mir sicher, dass du die richtige Entscheidung treffen wirst. Egal, was du tun wirst – Schule oder nicht Schule –, ich bin immer für dich da und werde dir immer helfen, so gut ich kann."

Mit ganz vielen Gedanken im Kopf fuhr ich nach Hause. Als ich im Bett lag, sagte ich zu mir: „Gib doch deinem Gehirn eine Chance. Du wirst nicht dümmer, als du schon bist, wenn du wieder in die Schule gehst. Im Gegenteil, du lernst etwas dazu."

Und am nächsten Morgen ging ich wieder zur Schule. Meine Klassenlehrerin sprach mich an und meinte, ich solle die Schule nur abbrechen, wenn ich eine Lehrstelle hätte. Ansonsten solle ich das hier durchziehen. Als ich Kim und meinen Freunden erzählte, dass ich erst mal auf der Schule bleiben würde, haben sich alle gefreut und versprochen, mir zu helfen.

Ich konzentrierte mich nun sehr auf die Schule. Mit der Zeit wurde es auch besser, obwohl ich die ersten Arbeiten verhauen habe. Sie fielen aber nicht ganz so schlimm aus, wie ich gedacht hatte. Das gab mir Hoffnung, dass die 10. Klasse doch machbar sei. Meine Klassenlehrerin schrieb unter jede Arbeit nette Kommentare. Diese Feedbacks motivierten mich sehr, mich noch mehr anzustrengen.

Mit dem Buch über meine Flucht ging es sehr langsam voran, weil Frau K. viele Schüler und wenig Zeit zum Schreiben hatte. Wir blieben aber trotzdem am Ball. Ich fuhr nun seltener zu ihr, weil die anderen Flüchtlinge ihre Hilfe dringender brauchten. Und ich hatte ja auch Kim, mit der ich jetzt zusammen war. Sie half mir in Deutsch und Englisch.

Weihnachten und Silvester 2013 verbrachte ich zusammen mit ihr und ihrer Familie. Alle waren mir gegenüber sehr aufgeschlossen und hießen mich immer willkommen. Ich war dennoch erstaunt, wie groß der Unterschied zwischen einer deutschen und einer afghanischen Familie ist.

Im Januar 2014 bekamen wir unsere Halbjahreszeugnisse. Es erschien tatsächlich möglich, dass ich den Realschulabschluss schaffte. Dieses Zeugnis war der Beweis für meine harte Arbeit und die Unterstützung, die ich erhalten hatte.

Im Mai 2014 erzählte ich Kim und meinem Mathelehrer, dass ich in all den Jahren Geld gespart hätte, um in diesem Sommer meine Tante im Iran besuchen zu können. Beide rieten mir ernsthaft davon ab. Trotzdem wollte ich unbedingt dorthin fliegen, denn ich hatte das Geld nun beisammen und die Sehnsucht nach meinem Cousin und meiner Tante war inzwischen sehr groß, und mein Heimweh auch. Ich wollte auch nicht länger mit den beiden diskutieren, da ich mich auf die Schule konzentrieren musste. Ich wusste ja, dass ich einen bestimmten Notendurchschnitt brauchte, um in die Oberstufe versetzt zu werden.

Mein Mathelehrer ließ jedoch nicht locker und fragte bei den Behörden nach, ob es für mich gefährlich sei, in den Iran zu fliegen. Kim war nach wie vor auch nicht einverstanden, das wusste ich. Aber am schlimmsten war für mich, dass ich Frau K. noch gar nichts von meinen Plänen erzählt hatte. Ich hatte Angst, dass auch sie „Nein" sagen würde.

Ich holte meinen Reisepass bei der afghanischen Botschaft in Berlin ab. Ich hatte ja noch immer nur eine begrenzte Aufenthaltserlaubnis.

Nach ein paar Wochen sprach mich mein Mathelehrer wieder auf das Thema „Iran" an. Diesmal erzählte er, er habe viel herumtelefoniert und alle hätten gesagt, dass ich nicht fliegen solle. Am Schluss zeigte er mir eine E-Mail von der Ausländerbehörde, in der stand, dass es in meinem Fall zu gefährlich sei, in den Iran zu fliegen. Ich würde wohl hinkommen, aber es sei fraglich, ob sie mich wieder ausreisen lassen würden.

Mein Mathelehrer sagte, dass ich vielleicht nicht immer so viel Glück haben würde wie vor vier Jahren bei meiner

Flucht. Falls die Behörden drüben mich dieses Mal erwischten, sehe es ganz anders aus, vor allem, weil ich nun schon längere Zeit in Deutschland gewesen und dadurch verdächtig sei. Dann sei alles, was ich mir hier so hart erarbeitet habe, umsonst gewesen. Vor allem meine Freunde hier könne ich dann nie wiedersehen. Und sicher wolle auch meine Tante das alles nicht, obwohl sie bestimmt genau wisse, wie sehr ich sie vermisse, und obwohl sie mich sicher auch sehr gerne wiedersehen würde.

Nun hatte ich viel zum Nachdenken. Ich stellte mir vor, dass man mich vielleicht wirklich dortbehielt. Meine ganze Flucht und all das Glück, dass ich auf meinem Weg hierher gehabt hatte, wären dann umsonst gewesen. Wie viele waren schon auf der Flucht gestorben und wie viele meiner Reisebekanntschaften hätten wer weiß was darum gegeben, in meiner Situation zu sein? Und das alles wollte ich aufs Spiel setzen?

Andererseits: Wie lange sollte es denn noch dauern, bis ich meine Tante endlich wiedersah? Würde es überhaupt noch in diesem Leben passieren? Aber so negativ zu denken war bestimmt auch nicht richtig. Eines Tages wird sich alles einrenken, dachte ich. Inshallah, alles wird gut.

Ich entschloss mich also, erst mal nicht in den Iran zu fliegen und mit dem Geld, das ich gespart hatte, den Führerschein zu machen. Den brauchte ich später sowieso fast überall.

Vor den Sommerferien bekamen wir das Zeugnis, in dem stand, ob wir in die Oberstufe versetzt werden würden oder nicht. Ich war sehr gespannt. Als ich dann dran war, sagte die Lehrerin: „Herzlichen Glückwunsch, du hast es geschafft! Und ich freue mich, dich in der Oberstufe begrüßen zu können."

Ich guckte auf mein Zeugnis und sah, dass ich mich in manchen Fächern sogar verbessert hatte. Ich traute meinen Augen nicht. Ich wollte vor Freude laut schreien, aber ich beherrschte mich dann doch.

Ich fing nun gleich an, mich für einen Ausbildungsplatz zu bewerben, da ich bei Kim gesehen hatte, wie schwer es ist, einen zu bekommen. Kim hatte ihr Abi geschafft und eine Lehrstelle bei einer Krankenkasse bekommen. Sie half mir dabei, Bewerbungen zu schreiben.

Nach den Sommerferien, als die Schule wieder losging, fing ich mit der Fahrschule an. Auf meine Bewerbungen bekam ich im Oktober die ersten Absagen, aber ich versuchte es trotzdem weiter in verschiedenen Bereichen.

Im Januar 2015, als ich mal wieder bei Frau K. war, gab sie mir ein in Geschenkpapier eingewickeltes Buch als nachträgliches Weihnachtsgeschenk. Ich machte es auf und sah, dass sie unser Buch fertig geschrieben und ausgedruckt hatte. Ich freute mich sehr und drückte sie ganz fest. Zu Hause las ich das Buch in einem Rutsch durch. Ich war ganz begeistert darüber, wie sie alles so schön aufgeschrieben hatte. Auch ihre Kommentare zwischen den einzelnen Kapiteln fand ich toll. Ich wollte, dass wir das Buch veröffentlichen.

Im gleichen Monat fuhren wir auf Klassenfahrt. Ich hatte Schwierigkeiten, alles zu bezahlen, aber meine Klassenlehrerin setzte sich für mich ein und sorgte dafür, dass ich mitfahren konnte. Sie wurde mir immer sympathischer. Diese Klassenfahrt nach Prag war die erste

Reise, die ich legal machte und auf der ich keine Angst vor der Polizei zu haben brauchte. Die Fahrt machte sehr viel Spaß. Ich war zum ersten Mal in einem Hotel und lernte viele Leute kennen. Ich erzählte der ganzen Klasse, dass Frau K. und ich zusammen ein Buch geschrieben hatten, und viele wollten es lesen. Frau K. ließ hundert Exemplare ausdrucken, ohne sich groß um die Gestaltung des Umschlags zu kümmern. Als ich aus Prag zurück war und fünfzig Bücher abholen wollte, traute ich meinen Augen nicht: Das Buch hatte nur einen langweiligen weißen Umschlag. Das hatte ich mir aber ganz anders vorgestellt!

Ich dachte, dass wir ein so langweilig aussehendes Buch nie loswerden würden. Trotzdem nahm ich die fünfzig Bücher recht verzweifelt mit nach Hause. Ich überlegte ernsthaft, ob ich sie meiner Klasse überhaupt anbieten konnte, aber ich tat es dann doch. Und sie wurden alle ganz schnell verkauft.

Die zweite Auflage habe ich dann mit einem farbigen Umschlag und größerer Schrift interessanter gestaltet. Nun sah alles sehr gut aus und ich war zufrieden. Wir mussten immer neue Bücher ausdrucken, weil die Nachfrage immer größer wurde. Irgendwann begannen wir mit öffentlichen Lesungen, was viel Spaß machte.

Inzwischen hatte ich einen Ausbildungsplatz im Bereich Elektronik gefunden, worüber ich mich sehr freute. Nach so einer langen Suche fühlt sich das richtig gut an!

Ich musste mich nun auf meine Prüfungen vorbereiten und hatte ziemlich große Angst davor. Ich lernte viel. Direkt nach den Osterferien schrieben wir dann die Arbeiten in den Hauptfächern.

Am 23. Juni 2015 war die Bekanntgabe unserer Zeugnisnoten. Ich konnte es kaum erwarten, hatte aber Angst, dass ich die Prüfungen verhauen hatte. Ich habe aber alles bestanden. Es war ein unbeschreibliches Gefühl.

Ich bin allen Menschen, die mich auf diesem Weg begleitet haben, sehr dankbar. Ich hoffe, dass ich allen meinen Helfern als Dank auch einmal ein kleines bisschen helfen kann. Man weiß ja nie – vielleicht werde ich irgendwann in der Lage sein, alles zurückzugeben, was mir bis jetzt geschenkt wurde.

Nachwort

So begleite ich nun Akbars Leben weiter und bin immer wieder froh, dass ich sein Vertrauen in so großem Maße genießen durfte, dass dieses Buch entstanden ist. Es ist auch schön, dass wir uns nun ab und zu bei privaten Anlässen treffen und es dann mal nicht nur um Vokabeln und Satzkonstruktionen geht.

Das Stadium des „bloß nicht Weinens" hat Akbar längst überwunden. In letzter Zeit fällt mir auf, dass er, wenn ich frage, wie es ihm geht, immer öfter antwortet: „Alles ist gut, keine Sorge, alles ist gut!"

Akbar, ich bin stolz auf dich!

Frauke Kässbohrer, im Oktober 2015